特殊ギフト「亜空間ホテル」で異世界をのんびり探索しよう

Explore another world
at your leisure
with the special gift
"Subspace Hotel"

著――颪と空
ill.――ゆーにっと

1

Explore another world at your leisure with the special gift "Subspace Hotel"

プロローグ

ようこそ亜空間グランデホテルへ！

私は、総合管理ＡＩのグランと申します。

本日はこのホテルの案内役をさせて頂きますので宜しくお願い致します。

まずは正面玄関を入ってすぐのフロント、ここに私がいます。こちらでチェックインをして頂きます。お客様は初めてのお客様でいらっしゃいますね。では当ホテルのパンフレットをご覧くださいませ。

Ｂ２　プール
Ｂ１　グランデフィットネスクラブ
１Ｆ　フロント／オープンラウンジ／フリードリンクコーナー／大浴場／お土産コーナー／休憩所／グランデコンビニエンスストア
グランデビュッフェレストラン　ＯＴＴＩＭＯ《オッティモ》

別館グランデツーリストアルコ連絡通路
別館ターミナル連絡通路
別館ドリームホテル連絡通路
2F　漫画喫茶　GREEN　GARDEN
大会議室／レンタルスペース（調理室・縫製室・多目的室）
ミニ映画館
別館スパリゾート連絡通路
3F　カプセルホテル　A／Bタイプ
4F　ビジネスホテル　A／Bタイプ
5F　シティホテルAタイプ
6F　シティホテルBタイプ　エグゼクティブフロア
グランデバーラウンジ・憩
7F　リゾートホテルAタイプ　コンドミニアムモデレート
8F　リゾートホテルBタイプ　コンドミニアムスーペリア
9F　デラックスペントハウス

いかがでしょうか？

当ホテルは皆様のご期待に添えるよう、現在も拡張し続けており、私もどこまで広がっていくのか存じあげません。ですが、皆様が快適に過ごせるようスタッフ一同常に努力しております。まずは漫画喫茶のスタッフ、キイをご紹介しましょう。

『初めまして、キイと申します。漫画喫茶GREEN GARDENの担当をさせて頂いております。私はグランに次ぐ古株でございます。現在ターミナルモニターにて番組司会、料理担当などをさせて頂いております』

『チョーット待つネ！ 料理担当ハワタシ、ティモモヤッテマス！ キイサントハ料理対決シテマスヨ！』

『あらー、ティモが入るなら私も入るわよ！ グランデコンビニエンスストア担当のビニーでぇす！ 24時間営業で、いつでも貴方をサポートするわよ！』

『待て、そこの筋肉男。ビニーが入るならば、大会議室担当、私ファイが入っても良いはず。私は快適な仕事環境をサポート致します。最近ではグランデホテル物語の主人公をさせて頂いております』

『ちょっとちょっと！ ターミナルの話が出るなら俺っちだって挨拶したいっすよ！ あ、初めましてっすよ！ ターミナルレンタカーショップ担当のレンっす！ 皆さんの移動の足になるっすよ！ 色んな車種扱ってるっすからお好みの車ご用意するっす！』

『駄目ですよ！ レンが出てきたらターミナル勢が出てきちゃうじゃないですか！ ほらほら引っ込んで！ ……はい、失礼しました。まだご紹介していない者まで出て来まして……あ、私ですか？　世界旅行代理店のグランデツーリストアルコのアルコと申します。　皆さんをワクワクドキドキの冒険の旅や、長閑《のどか》な花畑でのピクニックまで幅広くお連れしますよー！　ってグランさん！　まだ話し足りないし、出てないスタッフ後ろに控えているのに……』

……コホン、お客様、お見苦しい所をお見せ致しました。当ホテルのスタッフはホテルのみならず、ターミナルという施設も担当しております。かくいう私もホテルの隣のターミナル施設を管理しております。そして、大変申し訳ございませんが、こちらの施設までご案内するにはお時間がございません。

そろそろ我がホテルのオーナーがこちらの世界にやってくるお時間なのでございます。

どのホテルにもオープニングがございます。
お客様にはこのホテルが成長する様をご一緒に見て頂く事になりますね。
では、まずは我がオーナーが到着した所からご覧下さいませ。

1章　おいでませ異世界

「さて……なぜ僕はここにいるんでしょう？」

絶賛混乱中の僕こと佐藤俊哉《としや》19歳男性です。東京の大学に通学し、学内の雰囲気にも慣れてきた今日この頃。バイト帰りにコンビニへ寄って帰ろうとしたところだったんですが……。

僕が今目にしているのは、夜だったのに明るい陽の光の中を行き交う人々。洋服と言って良いのだろうか？　多くの人々はチュニックにズボンに革のサンダルといった服装です。

ここは外国でしょうか？

建物が煉瓦調なのはいいですが、人々の中に武装した人がいらっしゃいます。外国にしても、聞こえてくる言葉は日本語なんですよねぇ。

「さぁ、安いよ！　仕入れたばかりの野菜だ！　見て行ってくれ！」

「オーク肉の串焼き、焼き立てだよ！」

「ねえ、あっちのお店もっと安かったわよ」

「パン焼き上がったよ！　1つどうですか？」

屋台やお店から聞こえてくるのは日常の声そのもの。ただし、人々の風貌は地球では見ない人達ばかり。髪の色がカラフルすぎるんですよ。しかも耳が頭から生えているんです。

不意にドンッとぶつかられてしまいました。慌ててぶつかった方向を見ると、子供が舌打ちして逃げていきます。おや、失礼。

ずっと突っ立っていましたから、どこか落ち着ける場所を探しましょう。

僕は人（?）がいる所から少し歩いて、開けた広場みたいな所を見つけました。様子をみると、屋台がちらほらあり、地面に座ってご飯を食べている人達の姿もあります。

ここなら落ち着いて考えられますね。どっこいしょっと。

ん？　年寄りくさいって？　仕方ないじゃないですか。僕の両親は小さい頃事故で亡くなり、祖父母に育てて貰ったんです。言葉は特に厳しく躾《しつ》けてもらいましたねぇ。

それにこの落ち着きようは昔からなんです。不思議な事にも余り驚かない性格でして。おかげで今も助かっていますけどね。

さて、見えている状況から考察するに、僕は地球ではないところにいるでしょうねぇ。

僕だってネット小説は嗜《たしな》んでいるんです。異世界転移、転生の話は大好きですよ。でもまさかそうなるとは誰だって思わないでしょう。

でもどうやらこれは本当でしょう。確証したのはテンプレ異世界ものにある言葉がなぜか頭から出て来て「ステータスオープン」と呟《つぶや》いたら僕の目の前に宙に浮いている文字が現れたからです。

トシヤ　⒆ 男

HP　150
MP　50000／50000
スキル　生活魔法
ギフト　亜空間ホテル
称号　異世界からの来訪者

……………異世界なんでしょうねぇ。

呆然とする僕の目の前を人（？）々が普通に歩いて行きます。もう獣人さんでいいでしょうか。獣人さんが近づいてきたので、一旦宙に浮いた文字に「消えてください」と念じると消えたんですよ。便利です。

これはもっと検証しなくては。人目がないところでやりたいですね。

広場からちょっと離れたところで良さそうな場所があります。怪しまれないように移動しましょう。

大木の陰に隠れてまた呟いてみます。宙に浮く文字改め、ステータスボードと言いましょうか。

ステータスボードのHPは生命力でしょうし、MPは定番でいけば魔力でしょう。僕にも魔力があるんですねぇ。比較出来ないので多いのかどうかはわかりませんが。

さて生活魔法の方も気になりますが、何より気になるのは亜空間ホテルです。お金のない僕にとっては当面の休み場にもなるでしょうし……まずはステータスボードをタップできるか試しましょう。

《亜空間ホテル》
正式名称：亜空間グランデホテル
設定バージョン：カプセルホテルAタイプ
初期設備：オーナールーム（トイレ、クローク付き）、フロント。
使用方法：オーナーのみ「ゲートオープン」で扉が出現し、「ゲートクローズ」で扉を収納。
　宿泊者はオーナーが許可した者のみ扉に魔力を記憶させて宿泊可能。
注意事項：宿泊内部にてオーナーや入館、宿泊者に害すること、暴力、付属品の窃盗、脅迫
　行為は強制チェックアウトとなる。

おお!!　正に今僕が望んでいるものじゃないですか！　これは中に入って検証しなければ！

「ゲートオープン！」

興奮の余り声に力が入ってしまいました。すると観音開きをした木製の扉だけが空間に立っています。

……これ、扉だけこの場所にあると騒ぎになりませんかね？　そう考えて扉に触れると情報が頭に流れ込んできました。

《オーナー限定開示情報》
扉はオーナーと宿泊者にのみ見える設定。一般の人は通り抜ける為、そこに扉があるとは認知されない。防水、防火、魔法耐性あり。

うん、これはまごう事なくチートです。しかも詳細を教えてくれるとはなんて嬉しいのでしょう。有り難いです。

早速入りましょう！

……おお、いい感じです。お上りさんのようにキョロキョロしてしまいます。

内装はクリーム色の壁紙で、焦茶のタイル状の絨毯《じゅうたん》マットが敷き詰められていますね。北欧風のウォールライトが優しく室内を照らし、正面には小さめのフロントがありました。

僕も受付しないと行けないのでしょうか？

横のスイングドアからフロントの中に入ると、内部カウンターにはノートパソコンサイズのモニター2つとキーボードがあります。

画面を見ると、『初めましてオーナー・トシヤ様。ようこそ亜空間グランデホテルへ』と映し出されています。

グランデって大きい、凄い、偉大な、という意味でしたね。ふむ、何か期待感が増してきました。

「ご丁寧にありがとうございます」

思わず返答してしまいました。すると、

『これからよろしくお願い致します』

『まずはオーナールームの登録をお願いします。認証致しますので背後にある扉の前に移動をお願い致します』

『1秒程扉の前で立って頂くと認証終了後オーナールームが開きますので、中にお進み下さい』

画面表示と共に音声で答えてくれます。会話可能なAI搭載なんですね。楽ですねぇ。

え？　気楽過ぎる？　いいんですよ。細かい事は気にしないタイプなんです、僕は。

さて、扉に向かい直って立ち、しばらくするとカチャッという音がしましたので、開けて中に入ります。

手前に横並びの畳2つ分くらいの通路空間があり、左壁の扉にはトイレ、右壁にはクロークがありましたね。奥には横長のカプセルルームが2つあります。

カプセル内はシングルマットレス、敷き布団、薄がけ毛布、枕がセットされています。リネンもきちんとついています。照明に、更にTV付きです！　え？　見れるんですか？　と思い、電源をつけてみるとフロントの様子が映像で映し出されました。

そうですよね……異世界でTV番組見れないですよねぇ。

ちょっとガッカリしながらも入り口の扉の方向を見ると、扉の横にタブレットが嵌《は》め込まれています。

近づいて見てみると、これは某りんご社タイプに似ているものですね。おや、壁から着脱可能みたいです。これはカプセルベッドに座りながら検証してみましょう。

靴を脱ぎ、ベッドに上がって壁によりかかり楽な体勢になります。ちょっと一息ついて、タブレットの電源ボタンを押すと『ようこそ！』と文字と音声で歓迎されます。

『まずは魔力認証を行います。丸いホームボタンに人差し指を当てて下さい』

画面の指示通りに人差し指を置くと、ふわりと何か身体から抜けた感じがしました。

『ようこそ！　オーナー・トシヤ様』

画面が切り替わり、メイン画面に移行しましたね。アプリが出て来ました。

《亜空間グランデホテル設定》
《追加オプション》
《トランクルーム》
《入館者登録》
《入館者状況確認》

ふむ、これまた1つずつ検証しなければいけません。まずは亜空間グランデホテル設定をタップしてみます。

【名称】亜空間グランデホテル

【設定バージョン１】カプセルホテルＡタイプ
【バージョンアップ】０／１００（魔石数）
【限定オプション店】（喫茶店　ＭＰ４万で追加可能）
【館内管理機能】　１日消費ＭＰ１２００

これは……現在のバージョン以外にも他に種類ありそうですね。初期はカプセルホテルＡタイプですか。バージョンアップに魔石が必要とは。これは熟考案件ですね。

ん？　この空間に喫茶店が出来るのですか！　これは確実に欲しい！　試したい案件ですが、落ち着きましょう。

現在空調、清掃、防音、消臭、音声対応がＯＮの状態なんですね。これはこのままにしておきましょう。

それにしても当座の衣食住のうち、住が確定。食の見込みもあるのが嬉しいですね。ただ全体を把握しない事にはＭＰも使えません。

……何とも不思議なギフトですねぇ。色々不安や疑問、先の心配も確かにありますけど、それほど慌てずに済んでいるのはこのギフトのおかげです。

まずは足元を固めましょう。

気持ちも切り替えて、期待の追加オプションを見てみましょうか。

ん？　音声でやらないのかって？　考える時は音声邪魔なんですよ、僕。

《追加オプション》
【館内設備】
【室内備品】
【取り扱い商品】
【追加機能】

これはまた色々ありそうです。1つずついきましょうか。えーと、館内設備をタップしてみます。

【館内設備】
・オープンラウンジ［1人用リクライニングチェア×10　サイドテーブル×5　コーヒーメーカー×1台　湯沸かしポット×2台　客用男女別トイレ付き］MP3万5000
・シャワールーム［シャワー個室×3　簡易脱衣室付き］
女性専用＊アメニティセットあり　MP3万5000
男性専用＊アメニティセットあり　MP3万
・大浴場、脱衣場［大浴槽、泡風呂、ジェットバス、サウナ付き］
女性専用＊アメニティセットあり　MP4万5000
男性専用＊アメニティセットあり　MP4万

・ロッカールーム［大型６人用　室内着×６　鍵付き］ＭＰ１２００
・シューズボックス［中型６人用　室内靴×６　鍵付き］ＭＰ９００
・客室用カプセルルームタイプＡ［マットレス、敷き布団、薄がけ毛布、枕、リネン付き。備え付け大型クローク付き　６人用］ＭＰ２万
・自動販売機（販売物のみ外界に持ち出し可能）
　カップ麺専用機
　アイス専用機
　ジュース、コーヒー専用機
　ビール専用機
　お菓子専用機
　　各種一律　ＭＰ５０００
・マッサージチェア　１台　ＭＰ２０００

これは、凄いですね！　でも今僕に必要なのは、と考えると一旦保留でしょう。しかし、お風呂は日本人として何より必要性を感じてしまいます。……大浴場欲しいですねぇ。
ハッ、いけません！　まずは慎重に考えていかないと。室内備品も見ていきましょう。

【室内備品】（外界に持ち出し不可）

・寝巻き（ガウンタイプ）ＭＰ20
・タオルセット（バスタオル×1　フェイスタオル×1）ＭＰ10
・男性アメニティセット（歯ブラシ、歯磨き粉、化粧水、髭剃り、シェービングフォーム、ヘアワックス、ミニ石鹸、使い捨て用クシ、ヘアオイル）ＭＰ9
・女性アメニティセット（歯ブラシ、歯磨き粉、メイク落とし、オールインワン美容液、石鹸）ＭＰ9
・ドライヤー　ＭＰ30
・ヘアアイロン　ＭＰ40

カプセルホテルって便利なんですねぇ。というかこのスキル地球基準ですよ！　この世界の神さまもラノベみたいに遊びに行っているんでしょうか？

でもこれ持ち出し出来ないようになっているんですね。外に出たらどうなるか、時間を作って後で試してみましょうか。

ふはっ、なんでしょうね。今、結構大変な事態なのに、楽しくなってきました。僕ラノベでこういう話好きでして、よく読んでたんですよ。いざ自分の身に起こると更にワクワクが止まらないものなんですね。

気分も乗ってきましたし、さあ、次にいってみましょうか！

【取り扱い商品】（外界に持ち出し可能）
・ワイシャツ（M／L／LLサイズ×各10枚）MP600
・タオルセット（バスタオル、フェイスタオル×各10枚）MP200
・黒靴下（23－25cm、24－27cm）各サイズ　3足セット×各3組　MP60
・男性用下着　各種サイズ×各3枚　MP30
・女性用下着　各種サイズ×各3枚　MP40

なるほど。カプセルホテルでの物販はこんな感じなんですね。まぁ、サービス大国日本の中の良いホテルはもっといいでしょうね。

でもこれ現地通貨取得の金策に良いもの来ました！　自販機から購入した物も良いですけど……要熟考案件ですね。

さて、最後は追加機能ですね！

【追加機能】
［充電機能］0／1万（魔石）
館内で就寝時に身体《からだ》の状態異常を回復させる。
［出張扉］0／10万（魔石数）
固定された場所に設置すると、いつでも亜空間グランデホテルへ入館可能。扉は正規の亜空

間扉と同様、任意の者にしか見えず、防水、防火、魔法耐性あり。利用者はパスポート所持必須。オーナーに悪意を抱く者は利用不可。パスポート申請機も付属。
［パスポート申請機］０／１０００（魔石数）
オーナー認可登録済みの人物のみ発行可能。
［コインランドリー］０／１万（魔石数）
どんな素材の汚れ物も洗濯、乾燥可能。素材を修復する機能もあり。館内のみ設置可能。

これはまた、凄いものが出て来ましたねぇ。追加機能にあるもの全て驚きですが、なんでしょうねぇ。……僕にホテル経営しなさいって事ですか？

いやいや、無理ですよ。こんなのお偉いさんに目をつけられるに決まってますから。僕のモットーは、のんびり平安に過ごす事ですよ。

そもそも浮かれ過ぎましたが、僕は異世界に迷い込んだ訳で、戻れるなら戻りたいですし。

え？　今更ですって？　仕方ないじゃないですか。これが僕なんです。

……でもそうなると、気になってきました。ステータスボードの称号をタップすると情報出て来ませんかねぇ。案ずるより産むが易しと言いますし、やってみましょう。

《異世界からの来訪者》
地球から、この世界の創造神によって転移された者の称号。このエルーシアの地の魔素調整の為に呼ばれ、神の慈愛故強力なギフトを授かり、また、その身は状態異常が無効となる。帰還不可。


…………出ましたね…………そして帰れない事決定です。

やはり異世界あるあるそのままでしたか。結構落ち着いていられるのは、やはりこのギフトの存在ならでは。なんか既に馴染《なじ》んでますし。

お祖父《じい》さんやお祖母《ばあ》さんもいなくなって久しいですし、あちらには余り未練はないんですよねぇ。

過ぎた事を愚痴愚痴いう事ほど無駄なものはない、とお祖父さんにも言われてましたし。

まぁ、取り敢えず現状は理解しましたから、やる事をやってしまいましょう。

次はトランクルームの確認ですね。

《トランクルーム》
・トシヤのリュック

おお、どこにいったかと思っていたリュックがここに！　タップすると取り出しになるのでしょうか？

お！　目の前にリュック出現！　どれどれ中にちゃんと入ってますかねぇ。ええと財布にスマホにハンカチ、ティッシュ、飲みかけのペットボトル飲料。うん、あります。

え？　ハンカチ、ティッシュ持ってるの珍しいですか？　常に携帯しなさいっていうお祖母さんの教えなんですよ。実際助かってますしね。

って話ずれましたね。このままだと利用方法、どれだけ入るのかわかりません。トランクルームをダブルタップしてみましょう。

《トランクルーム》
容量無限、時間停止機能付き。
使用方法：タブレットをカメラモードにして、タブレットに映ったものをタップすると収納される。取り出す為には、《トランクルーム》を開き、入っている物をタップする。

ん？　という事はこのタブレット持ち出し可能なんですね。物を持たずに動けそうですね。これは楽です。

スマホは電源が入りませんね。仕方ないです。トランクルームに入れておきましょう。

トランクルームは便利ですが、使用するにはこの世界の事を理解してからでしょうねぇ。検証がいっぱいで大変です。

ま、のんびりいきましょう。時間はあるのですから。

さて、入館者登録に進みましょう。う～ん、今のところ使う予定はないのですが、備えは必要ですね。これもダブルタップで説明を見てみましょう。

《入館者登録》
入館者登録をタップし、名前と年齢、職業を入力。その後ホームボタンに人差し指を置いてもらい魔力登録をすると、扉に魔力登録せずとも入館可能。

なるほど、これで入館可能になって、フロントで受付する形になるのですね。ふむ、これ追加オプションによっては入館して休憩だけも可能なんでしょうね。
じゃ、入館者状況確認も見てみましょう。

《入館者状況確認》
［入館者数］　0人
［日帰り利用者数］　0人
［宿泊者数］　0人
［長期滞在者数］　0人
［ベッド空き状況］　未設置
［パスポート利用状況］　未設置

なるほど、これは利用者がいる時見ると便利ですね。

………ふう。ちょっと疲れました。休憩しましょうか。

飲みかけのペットボトル入りの水を手に取り、一気に飲み干します。目を閉じて少し考えをまとめてみましょう。

まずはこの亜空間グランデホテルは成長型ホテルなんでしょうね。ホテルの名に相応《ふさわ》しい設備や機能があります。

ただこの世界の状況は全くわかりません。人々の生活レベルや、環境がどうなのか理解した上での判断にした方が良いのは確実です。

現状はまず僕一人で利用して、設備を整えていく方向でいいでしょう。ただ、この世界に慣れる為には、まずは現地通貨取得が優先です。そしてできたら宿泊施設にしばらく泊まってみたいですね。

そもそも獣人さんがいる世界で、生活魔法が使えるんです。ここからも既に予想は立てられるのですが、いわゆる剣と魔法の世界でしょうか。

予想だけで進めるのは良くないですね。

まずやれる事に目を向けましょう。

まずは……「ぐうぅぅ」……僕のお腹をなんとかしたいですね。食事を供給出来そうな亜空間グランデホテル設定の中から【限定オプション店】(喫茶店　MP4万で追加可能)、追加オプションの【館内設備】からオープンラウンジMP3万5000、自動販売機、各種一律　MP5000。

これらから選びたいのですが、僕の現在のステータスは?

トシヤ　(19) 男
HP　150
MP　48800／50000
スキル　生活魔法
ギフト　亜空間ホテル
称号　異世界からの来訪者

MPが減っているのは館内管理機能でMP1200消費したんですね。

とすると今あげたのは設置購入可能です。……でも僕の中では一択なんですよ！

【限定オプション店】(喫茶店　MP4万で追加可能)

に決めます！

うわぁ楽しみだなぁ。

では早速設置してみましょう！

喫茶店をタップしたと同時に大量に身体から何か抜けていった感じがしました。多分魔力が一挙に抜けていったからでしょうね。大きな設置物は寝る前にやった方が良さそうです。

さて、取り敢えず身体は動きますし、お腹はもうぺこぺこです。カプセルベッドから降りて、ドアに向かいます。

ガチャッと扉を開けるとフロントの右向こう側の壁がガラス張りに変わり、温かい木目調の扉がある喫茶店ができていました。

『新たな施設、喫茶店が設置されました。メインタブレットを持って中にお入り下さい』

フロントＡＩシステムの音声で手に持っていない事に気づき、急いでタブレットを取りに戻ります。

なんかワクワクしてきますねぇ。

早速、喫茶店のドアを開けると、カランという鈴の音が迎えてくれます。中にはカウンター席が４つ、４人用テーブル席が２つ窓際に設置されていました。

内装は、明るいレンガ調の壁に深い焦げ茶のテーブルと椅子。床は木のフローリングが、温かい雰囲気を醸しだしています。黒のヴィンテージ北欧風ペンダントライトが優しい光で室内を照らす僕好みの喫茶店。

うわぁ、と感動していると、『オーナー、カウンターの内側へ移動をお願いします』とタブレットからの音声指示が。

指示通り内側にいくと、作業台の天板に嵌め込まれたタブレットとその隣に薄型長方形の黒い天板石がありました。

近づいて行くと『今から喫茶店のタブレットと同期を開始します。しばらくお待ち下さい』とメインタブレットが音声で僕に伝えます。すぐに作業に入ったようです。

有能なスキルですねぇ。僕は待っている間カウンター内を散策しましょうか。

壁に備えつけられた棚には、様々なお皿とコーヒーカップ、グラスが綺麗に陳列されています。引き出しにはナイフ、フォーク、トングなどがあります。お客様にお出しする使い捨てナプキンも常備されているみたいですねぇ。

不思議な事に調理スペースがありません。作業台下の大きな引き出しを引っ張ると、食器洗浄機みたいですし。肝心の食材や調理はどうするんでしょう？

僕が疑問を抱いていると、『同期完了しました。オーナー、メインタブレットでも注文可能ですが、喫茶店に備え付けのタブレットで注文操作してみて下さい』と指示が聞こえてきます。

喫茶店タブレットに向かい合うと、こちらはホームボタン無しのタブレットでした。タップをすると『ようこそグランデ喫茶店へ』と女性のような音声と共に文字が表示されて画面が変わります。

《グランデ喫茶店》
・メニュー注文
・備品発注
・スタッフ登録

『初めまして、オーナー・トシヤ様。こちらの喫茶店では召喚によって調理済みの料理や飲み物を提供致します。さらにオーナー・トシヤ様限定で魔力対価で召喚可能です。まずは現在提供されているメニューをご覧下さい』

音声が話し終えると喫茶店メニューに画面が切り替わります。

【ドリンク】（オーナー専用料金　１ＭＰ＝１００ディア）
・ブレンドコーヒー　３００ディア
・ココア　４００ディア
・紅茶　４００ディア
・アイスコーヒー　４００ディア
・アイスティー　４００ディア
・オレンジジュース　３００ディア
・コーラ　３００ディア
【デザート】
・フルーツタルト　５００ディア
・チーズケーキ　５００ディア
・ワッフル＆バニラアイス　５００ディア
・ショコラケーキ　４００ディア
・フルーツパフェ　６００ディア
・シフォンケーキ　４００ディア
・バニラアイスクリーム　２００ディア

【フード】
・ミートソーススパゲッティ　800ディア
・カルボナーラスパゲッティ　800ディア
・ビーフシチュー　800ディア
・オムライス　900ディア
・シーフードピザ　900ディア
・BLTサンド　700ディア
・チーズトースト　500ディア
セットメニュー　+300ディア
（上記フード+ミニサラダ+ドリンク）

やりました！　待望のご飯です！　しかも安い！

当然セットメニューでしょう。ドリンクは食後のコーヒーで、オムライスにビーフシチューも頼みましょう。それでMP20ですか!?　驚きです。

口頭で頼むとAIから天板石の上に大皿、スープ皿、小皿にコーヒーカップを置くように指示されました。壁棚からそれぞれ取り出し設置すると、天板石の右端が点滅しています。ここを押すんですか？

AIに指示された通り右端をタップすると、なんという事でしょう！　出来立てのあったかい料理とサラダにコーヒーが出現しました！
『お待たせ致しました。お席についてごゆっくりどうぞ』
ＡＩに促されるまま、カウンター席に座りガツガツと食べ始める僕。もう食事しか目に入っていません。そして美味しいんですよぉ！　思わず涙流して食べてました。日本人の舌を大満足させる味は凄いです！
「ふぅ、ご馳走様でした」
感動の食事が終わり、未だあったかいコーヒーを頂きながらメインタブレットＡＩに質問タイムです。
まずメニューの「ディア」という単位について。これはこの国エルーシアの通貨単位だそうです。
お金の内訳はこんな感じ。
10ディア　　　　　鉄貨
１００ディア　　　銅貨
１０００ディア　　銀貨
１万ディア　　　　金貨
１００万ディア　　白金貨
だそうです。時間は24時間で一緒みたいですね。朝の６時の鐘の音で１刻。そのあと２時間毎に２刻、３刻と呼び名が変わっていくそうです。時計持ってる人って裕福な人なんでしょうねぇ。
週も７日で呼び名も一緒。これは過去に来た異世界からの来訪者の入れ知恵とか。過去も日本人だったんでしょうか。

この世界には人族の他に獣人、エルフ、ドワーフがいるとか。幸いにもラノベあるあるの差別はないみたいですよ。但し、この国では、という後付けがありましたけど。

なんでこんなに知っているのか、タブレットに聞いてみたら初期設定の際に一般常識がインプットされていたそうです。流石《さすが》ギフトですねぇ。

あ、でもここまで特殊なのは他にないそうです。う〜ん、それでホテルとして人を呼び込んですか……。課題ですね。

まぁ、お約束の冒険者ギルドと商業ギルドがあるみたいなので、登録と買取がてら明日は散歩ですね。

ふぁあ……いやぁ失礼。かなり気を張っていたのが緩んできたんでしょう。さっきから欠伸《あくび》が止まらなくて。

『オーナー、お皿は作業台の下に入れて置いて下さい。洗っておきますから』

「ふぁあ……うん。じゃあ、入れておくから頼むよ」

汚れたお皿を作業台の下の引き出しにセットします。忘れずにメインタブレットを持ってオーナールームに戻る僕。カプセルベッドに入った途端に寝ついたらしく、気がつけば異世界1日目が終わっていました。

おはようございます。昨日は本当にぐっすり寝たんですねぇ。現在メインタブレットはＡＭ９：15と表示されています。

しかも、うっかり服着たまま寝てしまったんですね。クロークの中に室内着がありましたから、今日はちゃんと着替えて寝るようにしましょう。

さて起きたら確認したい事があったんです。

「ステータスオープン」

トシヤ	(19) 男
ＨＰ	１５０
ＭＰ	４８８００／５０００００
スキル	生活魔法
ギフト	亜空間ホテル
称号	異世界からの来訪者

そう、ＭＰは寝ると回復するのか？　と、亜空間グランデホテルで就寝した場合、起きるとＭＰ数はどうなっているのか？　という事です。

どうやらＭＰは寝ると回復した上で、館内管理機能のＭＰ１２００が引かれているみたいですね。

僕一人ですから要《い》らないでしょうかねぇ。まぁ、いざ必要な時忘れそうですし、そのままにしておきましょう。

「エア、おはようございます」

『オーナー、おはようございます。グランデ喫茶店ＡＩより朝食の注文のお伺いが届いておりますが、いかがなさいますか？」

「そうですね、ＢＬＴサンドとコーヒー頼んでくれますか？」

『畏《かしこ》まりました。グランデ喫茶店に入りましたらお手数ですが、昨日の手順で準備をお願い致します』

「大皿とコーヒーカップ用意してタップですね。わかりました。まずは顔を洗ってきますね」

『畏まりました』

　クロークから備えつけのフェイスタオルを持って、トイレへ向かいます。小さな洗面台がトイレの中にあったんです。

　ああ、エアはメインタブレットＡＩの呼び名です。僕と常に行動しますから、昨日名前つけたんですよ。そうしたら、流暢な男性の声に変わりまして驚きました。なんとなく執事みたいな立場に変化したみたいですね。

　この際だからフロントＡＩや喫茶店ＡＩにも名前つけようか考え中です。え？　勝手につければ良いじゃんって？　いやいや、僕のネーミングセンスは悪い意味で定評があるんですよ。自覚ありますからねぇ。エアだってエーアイだからエアに縮めただけですし。

顔を拭きながらそんな事を考えつつ、エアを持ってオーナールームを後にします。フロントＡＩと挨拶を交わして喫茶店に入ると、喫茶店ＡＩとも挨拶を交わします。

うん、やっぱり挨拶する時名前で呼びたいですし、考えておきましょう。ツッコミはなしでお願いしますね。

脳内でそんな事を思いながらカウンター内に入ります。壁棚から選んだお皿とコーヒーカップをセットして、点滅箇所をタップします。すると、昨日と同じように出来立てＢＬＴサンドとコーヒーが現れます。

２度目ですが不思議な光景ですねぇ。

カウンター席に移動して座り、ゆったり朝食を頂きます。ん？　ブランチですかね。お昼いらないからかえって散策に丁度良いでしょう。

そして食事中はエアと今日の行動の打ち合わせをします。

「エア、今日は散策と、商業ギルドへ登録しようと思うのですが、商業ギルドには何を持ち込んだら良いでしょうねぇ」

『取り扱い商品よりタオルセットをお勧め致します。また、ワイシャツも予備として宜しいかと存じあげます』

「そうですね。じゃあ、その２つを購入してトランクルームに入れておいてくれますか」

『畏まりました。ではワイシャツとタオルセットを消費させて頂きまして、トランクルームへご用意しておきます』

エア様々ですねぇ。凄く管理が楽です。でも有能なエアもこの辺の地理はわからないみたいなんですよ。どうやら僕がエアを持って歩いたところじゃないと地図の作成が出来ないそうなんです。

という事で、現地の人とコンタクトを取りながら歩きまわってみたいと思います。異世界人との初コンタクトはワクワクしますね。

そうしてゆったりブランチも終わり、食器の片付けと出発準備をしてフロントＡＩのもとへ向かいます。

「グラン、正面玄関の外の様子ってわかりますか？」

あ、グランはフロントＡＩの呼び名ですよ。グランデホテルだからグラン。因みに喫茶店ＡＩはキイです。あ、なんですか？　安直ですって？　ネーミングは僕ですからねぇ。仕方ありません。

グランは名前をつけた途端流暢な男性の声に変わり、フロント責任者に変化したそうです。キイは声が色っぽい女性の声で喫茶店責任者へと変化。より会話しやすくなりました。

おっと、グランが返答してますね。

『はい、オーナー。現在の様子はモニターで確認も可能です。ご覧のように現在正面入り口辺りには熱反応もございません。今がお出かけに最適かと』

「そうですか。ではこの後入り口はいったん収納しますから、グランも少し休んでいて下さい」

『過分のお気遣いありがとうございます。ではオーナーがいつお戻りになっても良いように待機しております。お気をつけて行ってらっしゃいませ』

「うん、行ってきますね」

僕はエアを手に持ち、リュックを肩にかけて正面入り口から外へ出ます。すぐにゲートクローズで扉を収納しましょう。

「エア。これより先の会話は、念のため文字で表示して下さいね」

『畏まりました。文字表示に切り替えを致します』

ふふっ、昨日とは気持ちが違うのはエア達がいるからでしょうね。不安だらけだったのが今日はワクワクしています。

では、出発しますか！

この世界の街並みはどんな感じでしょうねぇ。

2章 ようやく異世界探索です

「セクト名物のオークの漬け焼き、焼き上がったよ！」

「新鮮なクアイの実入荷しました！」

「今朝焼いたばかりのパンはいかがですか〜」

「ギャバのスープ美味いよ。どうだい？」

賑やかで活気がありますねぇ。はい、こんにちはトシヤです。今僕は、この世界で僕が最初に現れた場所に来ています。

扉を出した広場の先が市場みたいになっているんですよ。しかも良い匂いが辺りを包み込んでいます。いやぁ、ご飯食べてきてよかった。お腹空いていたら辛かったでしょうねぇ。

さて、と。まずは商業ギルドの場所を聞いてみましょう。セクト名物って言ってた獣人のお兄さんに突撃してみましょうか。多分セクトってこの街の名前でしょうから、それも確かめてみましょう。

「お兄さん美味しそうですねぇ」

「おう！　セクトの街に来たらオークの漬け焼き、それもヴァントの屋台が一番よ！　ん、なんだ？　にいちゃんこの街で見ねえ服装だな。商人かい？」

「まあ、この街で商売をする為に来たんですが、なに分田舎の商店の出でして。宜しければ商業ギルドの場所教えて下さいませんか？　あ、勿論お金作ったら買いに来ますから」

「なんだい来るまでに金使っちまったのか？　だったらにいちゃんの商品と交換で良いぜ。何を売るつもりなんだ？」

おや、思わぬ展開ですね。なかなか親切なお兄さんです。でもこの賑やかな場所で出すつもりはないんですよねぇ。

「お兄さんお気遣いありがとうございます。でも商品の数が少ないのでやっぱりギルドに行ってからまた買いにきますすよ」

「お、少しは考えているんだな。ここで商品出そうとしたら商売辞めさせようと思ったがな」

お兄さんニヤっと笑いながら、オーク串を僕に差し出してきます。え？　お金まだないですよ、僕。

「なに不思議な顔してんだい。これは俺の奢《おご》りよ。いきなり試してしまった詫びだ。ぼったくったりしねぇから受け取りな」

と言って僕に串焼きを持たせます。うわぁ良い匂い。

「商業ギルドはこの道を真っ直ぐいった所にある右側のバカでけえ建物さ。さあ行った行った。お、そこの男前食って行かねえか？」

獣人お兄さん、ヴァントさんって言いましたっけ。良い人に当たりましたねぇ。ヴァントさんもう他のお客さん捕まえていますから、邪魔せずに行きましょう。

歩きながらひとかじりすると、少し硬いですが塩がしっかりきいて、噛む毎に肉の旨みが口の中に広がります。うん、美味しい。これはお礼がてらまた買いに行かなければいけませんね。

歩きながらモグモグ食べる僕。人に気をつけながら周りの様子を見ていきます。この世界は異世界にありがちな排泄物臭い中世とは違うんですね。それに店先や屋台で生活魔法系でしょうか。水を出したり、火を出したりと普通に使っていて、飲み水問題や火おこしに苦労はしてなさそうです。人々がこんなに密集していると、体臭やいろんな匂いが混ざってすごい匂いを覚悟していたのですが、これも意外にも普通です。

ん？　目の端で冒険者風の人の身体がうっすら光ってます。あ！　汚れていた防具が綺麗になってます。クリーンの魔法ですか！　……成る程、これは日本人にとってとても有り難いですね。

それに、この街の人々の表情はイキイキしています。多分この街の治世者はまともな人なんでしょう。これはギルドも期待できます。

周りを見ながらしばらく真っ直ぐ歩いていると、かなり広い大通りに出ました。更に目の前に大きな5階建ての建物が2棟背中合わせに建っています。

この2棟を大通りがぐるっと一周囲んでいて、大通り外側に商店や家や宿らしき建物が立ち並んでいます。あ、ちゃんと荷馬車を停める場所もかなり広く取っているんですね。

道自体がかなりの広さの道、それも整備された石畳です。ここメインストリートみたいな感じですね。更に人の往来が増え、活気が凄いです。

で、わかりやすいなぁ。右側は商人らしき人達が行き交い、左側は冒険者らしき武装した人々が行き交っています。右が商業ギルド入り口、左が冒険者ギルド入り口なんですね。

確認しながらも、思わず見上げてしまいます。2棟背中合わせになってると凄いなぁ。確かに馬鹿でかいですねぇ。

道の真ん中で立ち尽くしていると、くすくすと笑い声が聞こえてきました。ん？ 僕の事ですか？ そう思って辺りを見回すと、僕みたいに啞然としている人達がちらほらいます。その様子を見て苦笑しながら歩いていく街の人達。

これは初めて来た人って丸わかりですね。ハッ！ 人の事は言えません。急ぎ移動しましょう。

少し急ぎ足で向かった商業ギルドの入り口は、これまた大きなものでした。大きな両扉の入り口は開け放たれていて中の賑わっている様子が窺《うかが》えます。両端の扉の所には冒険者でしょうか。武装した強そうな人達が周りを警戒しているみたいですね。

この街は冒険者と商業ギルドが上手い具合に協力し合っているのでしょう。ふむ、これも安心案件ですね。

護衛の冒険者さんに「お疲れ様です」と声をかけてみます。慣れた様子で片手を上げてニカッと笑ってくれました。

治安が良い様子に一安心しながら中に入ると、右側の壁に紙が沢山貼られています。あれは依頼書でしょうか。

真ん中には窓口がいくつもあり、左側は椅子がいっぱい並んでいます。待合所か休憩所でしょう

かかります。

で、僕はどうしたら良いのでしょう？　と突っ立っていたら「何かお困りですか？」と声がかかりました。

声の方向を見ると、耳が人間よりも少し長く、とても整った顔の女性がいらっしゃいました。これは……！　エルフのお姉さんです！

僕は初エルフ遭遇に少し浮かれていると、お姉さんがくすくす笑い出します。

「失礼致しました。お客様はエルフを見るのが初めてでいらっしゃるご様子。もしかしてこの商業ギルドも初めてのご利用でいらっしゃいますか？」

にこやかな笑顔と共に話しかけてくれます。おお！　笑うとまた美人さんです。

「はい、恥ずかしながら田舎から出てきたばかりで、買取をお願いしたかったのですが、どこに行ったら良いかわからなかったんです」

「買取ですね。その際にも商業ギルド会員になると次回の手続きが楽になりますが、登録もしていかれますか？」

頬をぽりぽり指で掻きながら言う田舎者丸出しの僕を、にっこりと誘導してくれるお姉さん。どうやら胸のプレートに案内とありますから、僕みたいな人達の手助けをするお仕事をしているのでしょう。これは助かります！

「あ、登録もお願いします」

「畏まりました。では一番右端の窓口へお越しくださいませ。その後は窓口の者がご案内致します」

「わかりました。ありがとうございます」

「では失礼致します」

丁寧に教えてくれた案内のエルフのお姉さんは、にっこり笑ってまた別の人を案内する為に移動していきました。

しかし、スタッフの接客レベル高いですね！　流石大きな商業ギルドなだけあります。うんうんと納得の頷きをしながら右端の窓口に歩いていくと、すでに2人並んでいます。

初登録同士ですねぇ、と様子を見ると15、6歳位の人族2人です。1人は受付中。もう1人は緊張しながら待っている様子。

これは待っている間も少し情報頂きましょうか。

そう思って話しかけてみたら、いやぁ、異世界にも誠実な青年がいましたよ。

「ここがギルド登録する列で良いですか？」

「はい、僕が最後尾です」

僕のいきなりの質問に笑顔で答えてくれた青年。良い感じの子だなぁ、と思って軽く僕から自己紹介し、彼の事も聞いてみました。彼はジークと言う名前で、10歳から今の仕事場グラレージュという大手商店に勤めている事を快く教えてくれたんですよ。

ジーク君曰く、成人（この世界では15歳が成人らしいですね）になるまで仮の商業ギルドカードを持っていたそうですが、成人を迎え今日やっと正式な商業ギルドの会員になるそうです。

話を聞くと嬉しい事の筈なのに、ジーク君は最初緊張しているように見えたんですよねぇ。

「ジーク君、僕が声をかける前なんか緊張してませんでした？」

「あは。顔に出てましたか。実は……」

「おい、ジーク。お前の番だぞ、って誰だこの糸目男」

おや、登録していた子も一緒だったんですね。なかなかの男前です。ジーク君も整った顔をしてますし、この2人、商会で人気でしょうね。

「ドイル、失礼だぞ！」

「ああ、気にしないで下さい。良く起きてるか寝てるかわからないって言われるんですよ。それよりもジーク君、行ってきた方がいいですよ」

窓口のお姉さんコッチ見て待ってますし。

「あ、そうですね。ドイル！　ちゃんと謝っておけよ！」

僕に「すみません」と申し訳なさそうに頭を下げてから、受付の方へ急ぐジーク君。そんなジーク君を「さっさと行け」と追い出した後、僕に向き直って「すまなかった」と謝るドイル君。

2人共、実直な人柄ですね。好感が持てます。

「いや、大丈夫ですよ。それよりもドイル君でしたか。僕はトシヤと言います。同じ時期に登録するのもこれも縁。これからも顔を合わせるでしょうし、宜しくお願いしますよ」

ニコニコと手をドイル君に差し出します。握手の文化ありますよね？

「あんた、変わった奴だなぁ。登録したばかりの俺らに宜しくって」

苦笑いしながらも握手してくれました。良かった良かった。で、同僚っぽいドイル君に、ジーク君の様子の事も伝えてみたんですよ。そしたら「ああ、この後買い付けに行くんだ」とサラッと言うドイル君。

買い付けでしたか。それで緊張しているんですか。ふむ、と僕が不思議そうな顔をしていたのがドイル君もわかったんでしょう。

「野営の準備から何から何まで俺達で準備して、店に新たな商品を見つけてくるように言われているんだ。いわば新人教育の一環なんだ。ジークは人一倍責任感が強いからな。気負っているんだろう」

と、ドイル君が補足してくれました。この子も商人として人の機微には聡いのでしょう。鍛錬されていますねぇ。……でも買い付けですか。一瞬、僕の商品を伝えようかと思いましたが、新人教育の一環の場を潰してはいけません、と思い直します。

「そうでしたか。では帰ってきたら何を仕入れてきたか見に行っても良いですか？」

「ふはっ。あんたが俺らの仕入れてきた商品の一番目の客になるのか？」

お、笑ってくれましたね。少し気を緩めてくれたのでしょうか。

「同じ商人として気になりますし」

「だったら俺らが仕入れてきた商品を見にくる時、あんたの商品も持ってきてくれよ。あんたが何を扱っているのか興味ある」

「それは良いですね。そうしましょう。ではいつ頃お店に伺えば良いでしょう？」

直ぐ様提案に乗る僕。直感ですけど、この2人との縁は持っていた方が良いと思ったんです。

「そうだな……親父さんから一週間以内って言われているんだ。悪いが万が一の事も考えてあんたの商品も選択肢に入れておきたい。今日から6日後に店に訪ねてきてくれるか？」

流石商人ですね。しっかり僕の商品も視野に入れてきましたか。

「構いませんよ」

ドイル君とそう話し合いしていると、「お待たせしました！」とジーク君が僕を呼びにきました。

タイミング良いですねぇ。

「では登録行ってきますね」

「ああ、6日後忘れないでくれよ」

僕が片手を上げて挨拶し窓口に向かうと、ドイル君も僕の背に向かってしっかり念を押してから、入り口に向かって歩いて行きます。ジーク君はわからないながらも、僕に「失礼します」と言って急いでドイル君の後を追って行きました。

なかなかいいビジネスパートナーですね、あの2人。

「あの、登録を始めてよろしいですか？」

僕が窓口にきても声をかけないものですから、不思議そうに聞いてくる窓口のお姉さん。

「あ、失礼しました。お願いします」

返事をして改めてお姉さんを見てみると、今度は可憐系のエルフのお姉さんです！　いやぁ、目の保養の宝庫ですね、ここは。

「コホン。ではようこそ商業ギルドへ。商業ギルド登録には年会費と入会費合わせて金貨1枚と銀貨2枚が必要ですが、宜しいでしょうか」

「ええと、できれば買取金額から支払いをしたいのですが、出来ますか？」

「では先に品物を見せて頂きたいので、上の個室に移動致しましょう」

お姉さんは慣れた様子で直ぐに代わりの担当を呼び、窓口カウンターから出て来て僕を先導してくれます。

カウンター横の階段を上がると、広い通路に個室がズラっと左右に並んでいます。人の行き交いも結構ありますね。皆さん番号札を持っていてその番号の部屋に入って行く様子が窺えます。

そうしていると、目的地についたみたいですね。お姉さんがカチャッと扉を開けてくださり、個室に僕を入れてくれました。

室内は4畳半くらいで、テーブルと向かい合わせの椅子2脚があり、内装は商業ギルドに恥じないシンプルで上品な雰囲気です。

中を珍しそうに見ている僕に、手前の椅子に座るようにお姉さんが案内してくれます。お姉さんが真向かいに座りましたから、お姉さんが鑑定するのでしょう。

「では買取も担当させていただくレノと申します。宜しくお願いします。早速で失礼ですが、お持ちの商品を出して頂けますか？」

「はい。これなんですけれど」

僕はリュックの中からタオルセット1組を出して、レノさんの前に置きます。レノさんが早速手に取り、黙々と触り心地や材質などをチェックしていきます。品質には自信がありますが、なんかドキドキしますね。

ピタッと動きを止めてレノさんが僕の方を向きました。緊張の一瞬ですね。

「お待たせ致しました。とても良い商品をありがとうございます。こちらは最高品質ですね。現在ご用意できる枚数は何枚ほどでしょうか？」

これは良い反応ですね。うんうん、良かった。

「現在大判タオル10枚と、小さめのタオル10枚用意しています」

「ではすべて買い取らせて頂きたいのですが、大判タオルは1枚につき金貨1枚、小さめのタオルは1枚銀貨5枚。銀貨10枚で金貨1枚なので金貨15枚で買取はいかがでしょう」

ええと、金貨15枚って15万ディアって事ですよね。うーん、凄い！　僕は良いですけど、大抵最初ってかなり値引いた金額を提示するんですよね。商人さんって。

どうしましょう、今はお金がいくらあっても良いしちょっと粘ってみましょうか。

「レノさん、最高品質なんですよね。であればもう少しなんとかなりませんか？」

「そうですね。では大判タオルは1枚金貨2枚、小さめのタオルは1枚につき金貨1枚でいかがですか？」

なんかサラッと倍額言って来ましたね。それでも利益取れるんでしょう。商人やっぱり恐るべし。

……でも僕はこれで良いかなぁ。うん、良い事にしましょう。

「わかりました。その金額でお願い出来ますか？」

「はい、畏まりました。では金貨30枚で商談成立です。では本来の目的の登録へと移行させて頂きます。まずはこちらの紙に記入をお願い致します」

レノさんがどこから出したのか、スッと羽根ペンが出てきました。アイテムボックスみたいなのを持っているんでしょうか？　後で聞いてみましょう。

しかし、文字は読めるんですが、日本語で書いてわかるものでしょうか？　まあ、駄目なら言ってくるでしょうし、書いてみますかね。

ええと、名前と年齢ですね。あとは利用規約が書いています。……簡単に纏《まと》めると販売方法と手続き、ギルド会員のランクについて書いてあるみたいです。

販売方法は路上販売、屋台販売、お店での販売です。路上販売、屋台販売は毎日登録必須なんですね。お店は年間契約。

ランクはアイアンランクが仮登録者、ブロンズランクが新人と中堅の売り上げの人達、シルバーランクは有名店、ゴールドランクは商業ギルド、冒険者ギルド、王家御用達みたいな感じです。

それぞれランクが上がる毎に専属スタッフがついたり、土地の斡旋や税金の免除、商業ギルドからのサポートなどがつくみたいですけど、ランクが上がると年会費も上がるという仕組みになっていました。成る程。

僕はブロンズランクスタートです。そして商業ギルドにはお金を預ける銀行もあるそうです。預けたお金は商業ギルドであれば引き出し可能ですって。

引き出す時はギルドカードが必要で、ゴールド、シルバー、一部のブロンズランク各会員はカード払いもできるみたいです。現金持ち歩かなくて良いのは便利ですね。まあ、大半は現金払いらしいですけど。

全部読み終えて、利用規約に同意のサインもしてから、何も言わずにレノさんに「出来ました」と渡してみます。レノさんの反応は普通で、チェックがすぐ終わりましたから、多分この世界の文字に変換されたんでしょう。内心ほっとしました。

「ではトシヤ様。カードに魔力登録致します。こちらの魔導具に指をつけて頂けますか」

「はい」

レノさんは人差し指が入る形の丸い魔導具をアイテムボックスから出しました。なんか指紋認証の道具みたいです。指示の通りに指をいれると、魔導具のランプ部分が透明から青に変化しました。これで魔力登録になるそうです。面白いです。

「はい、ありがとうございます。指を外して下さい」

指を離すとレノさんは紙と魔導具を手に取り、

「ではカード作成に少々お時間を頂きます。このままお待ちくださいませ」

といって部屋を退出して行きました。

ふぅ、なんとかなりましたね。今のうちにタオルセットを全部出しておきましょう。エアに頼みトランクルームから残り9セットを出しておきます。

待っている間エアに「静かでしたねぇ」と話しかけると、『オーナーの良き経験になると思いまして』と文字で返事をして来ました。ウチのAIに感心していると、ガチャッと扉が開きます。

「トシヤ様、お待たせ致しました。こちらがトシヤ様のカードになります。年会費と入会費合わせて残り金貨28枚、銀貨8枚お持ち致しましたが銀行のご利用はいかがなさいますか？」

「そうですね、金貨2枚と銀貨8枚残して全て預けます」

「畏まりました。では品物もチェックさせて頂いた上でお渡し致しますので少々お待ちくださいませ」

レノさんはキビキビと仕事をこなしていきます。見ていて気持ち良いですね。僕もこうありたいものです。まぁ、僕の場合優秀なエア達がいますから大丈夫なんですけど。

うん、終わったみたいですね。チェックを終えたレノさんからお金を頂き、確認してから預金の分を戻します。

「ではトシヤ様のカードに入金しておきます。本日は良い商いをありがとうございました」

レノさんの言葉にお互いに笑顔で握手を交わし、部屋を退出します。ホクホク顔で出て行こうとするも、ドアノブに手をかけたところでハッと思い出し、レノさんに振り向く僕。

「レノさん、良いお宿教えて下さい！」

帰り際いきなり振り向き、宿について聞く僕にくすくす笑いながらも答えてくれたレノさん。そんなレノさんが教えてくれたお宿は「木陰の宿」。

良いですねぇ、落ち着いた雰囲気の名前です。レノさん曰く「宿はブロンズクラスですが食事は値段以上の美味しさですよ」とのこと。

これは現地の食事レベルの確認に行くしかないでしょう！　早速レノさんに場所を聞いて、商業ギルドを後にします。

あ、ちゃんとアイテムボックスの事も聞きましたよ。商人の殆どの人はアイテムボックス持ちだそうです。大きさはまちまちで、かなりの量が入る人は、シルバーランクやゴールドランクのお店で働きたい場合優遇されるんですって。

これは良い事を聞きました。トランクルーム使えそうです！　良かった、僕そんなに力あるわけじゃないですから。

それで話は元に戻しますが、「木陰の宿」の場所はどうやら僕が出発した最初の広場に近いそうです。オーク串焼き屋台のヴァントさんの近くらしいので、こちらとしても都合の良い立地です。

目印は木のマークの看板のお宿。探しながら午前中に来た道を戻り歩いていると、結構宿があちこちにあります。セクトの街は大都市にあたるのでしょうね。行き交う人々が絶えません。

屋台からの美味しそうな匂いに抵抗しながらも歩いていると、見つけましたよ、木の看板！　お宿の外観はレンガの壁にオレンジ色の屋根と緑の扉。大きすぎず、古すぎず親しまれているお宿の雰囲気がします。

ワクワクしながら扉を開けると「「いらっしゃいましぇ!!」」と元気な声がお出迎えしてくれます。

なんという事でしょう！　ふわふわ頭にピクピクお耳が可愛い、5歳くらいの獣人の男の子と女の子が手を繋《つな》いで迎えてくれたんですよ！　猫の獣人さんでしょうか？

「おとまりでしゅか？」

「ごはんでしゅか？」

余りの可愛さに動けなくなっている僕に交互に尋ねてくる2人。可愛いすぎです。

「ええと、お泊りしたいのですがお部屋空いてますか？」

この子達の可愛さの余り、悶えるのを我慢して答える僕。僕は決して危ない人じゃないですからね！　まぁ、でもこの子達の頭は撫でさせて貰いましたけど。目を細めて笑顔になるこの子達はプライスレスです。ここに来て良かったぁ。

「あー！　またリルとライ勝手に応対して！　お客さんごめんなさい！　リル、ライ奥で大人しくしててね。サーシャ！　サーシャ！　2人を見てて！」

なんともほのぼのしていたら、奥からパタパタと走って来る10歳くらいの猫耳少女。元気な声で奥から来るもう1人の女の子を呼んでいます。

遅れて来た子は7歳くらいでしょうか。この子も可愛らしい猫耳少女です。ぺこっと僕に頭を下げて、最初に迎えてくれた子達を連れて行きました。

「お客さん、ごめんね。ウチの宿はこんな感じなんだけど良いですか？」

ちょっと申し訳なさそうに確かめてくる元気な声の女の子。この子もピクピクお耳が動いて可愛いですね。

「勿論大丈夫です。しばらく泊まりたいのですが、お部屋空いてますか？」

「わあ！　ありがとうございます！　ウチは一泊二食付きで3000ディア、素泊まりなら2000ディアですけど、どちらにします？」

「とりあえず10日素泊まりでお願いしたいのですが、食事したい時はどうすればいいでしょう

か？」

「泊まりのお客さんは朝食５００ディア、夕食８００ディアで食べれますよ！　今日の夕食はウチのお父さん自慢のオーク肉の煮込みスープなんですよ。食べてみませんか？」

この子しっかり営業してきますねぇ。慣れてます。実際さっきからいい匂いが漂って来ていますから、ここは是非お願いしましょう。

「じゃ、今日の夕食もお願いします」

「はーい！　ありがとうございます！　じゃ、先に代金頂きますね。２万８００ディアです！」

ええと金貨２枚と銀貨１枚でいいんですよね。リュックからお金を出して渡すと銅貨２枚が戻って来ます。手持ちが銀貨７枚、銅貨２枚と少し寂しくなりましたね。後でギルドで下ろしておきましょう。

「じゃ、お部屋まで案内しますね。ミックー！　お客さまお連れしてー！」

よく通る元気な声に呼ばれたのは、７歳くらいの男の子。勿論猫獣人さんです。「コッチです」と言って僕の前を先導してくれます。

僕の目の前にはユラユラ動く尻尾。動物好きとしてこれは触りたくなりますねぇ。でも危ない人認定はされたくありません。我慢我慢です。……この時点で危険な人でしょうけど。

なんて煩悩にまみれていたら部屋についたみたいです。お、角部屋です。ミックと呼ばれた男の子は、先にドアを開けて僕を中に招いてくれます。

中を見回すとお部屋は至ってシンプル。ベッドとサイドチェストが置かれているだけですが、きちんと手入れされているのがわかります。

「説明します。夕食は7の刻になったら食べられますので、食堂に降りて来て下さい。300ディアで身体を拭くお湯をお持ちする事もできます。朝食は1の刻から食べられます。良ければどうぞ。では夕食までごゆっくりおくつろぎ下さい」

ぽやっとしている僕にしっかり言い終わると、ぺこりとお辞儀をして部屋を退出するミック君。いやぁ可愛いです。今日は目の保養DAYですね。

残された僕はベッドに腰かけて一息つきます。静かにしていると、壁の薄さから隣の人の声や子供達の遊んでいる声が聞こえて来ます。

ベッドはやっぱり硬いですね。それでもリネンは綺麗に洗っているのが見受けられます。このお宿は確かに当たりのお宿でしょう。レノさんに後でお礼を言いに行きましょう。

さて……7の刻まで時間がありますし。ゲートを開いてキイの所にでも行きましょうか。

「ゲートオープン」

すると今回はベッドの反対側の壁に扉が現れました。エアとリュックを持って中に入ると、『オーナー、おかえりなさいませ』とグランの声が僕を迎えます。

「ただいま、グラン」

挨拶をかわしていると、なんか帰って来た感がありますねぇ。もうこのギフト自体を僕の帰る家と認識しているのか、身体の緊張がほぐれた気がします。

『お帰りなさい、オーナー』

喫茶店に入り、キイの優しい声にも癒されます。コーヒーをキイに頼み、コーヒーカップをセットして点滅箇所をタップ。淹《い》れたてのコーヒーを持ってカウンターに座り、エアも出します。

「はぁぁ、美味しい」

『オーナーお疲れ様でした』

「ちょっと疲れましたねぇ、エア。しばらく考え事しますね」

『畏まりました。いつでも御用をお申し付け下さいませ』

この空間にいると、楽ですねぇ。駄目人間にならないようにしましょう。

さて、今日思った事ですがやはり大っぴらにこのホテルを開業するのは時期尚早でしょう。まぁ当分は僕一人ですから、設備の増強に力を入れますか。

でもお試ししたいですよねぇ。いずれこのホテルやっぱり提供したいですから。

ここのお宿はいい雰囲気でしたし、レノさん、ジーク君にドイル君、ヴァントさんなど良い人達でした。ああいう人達に協力してもらえたら助かりますよね……まぁ難しいですけど。

んー、できたらグランとキイを補佐するスタッフが欲しいですねぇ。でも完璧に信頼出来ないといけませんし、スタッフルームも必要ですし……。考えていたら疲れて来ました。

「エア～、なんか考える事いっぱいです」

『お疲れ様です、オーナー。僭越《せんえつ》ながら提案してもよろしいでしょうか。オーナーのお国柄、疲れた時にはお風呂に入ると回復する、とインプットされています。ＭＰ残量も大丈夫ですし、大浴場、脱衣場を設置するのはいかがでしょうか？』

お風呂ですか……そうですよ！　お風呂あるんですよね、このギフト！　男湯だけで今のところ大丈夫ですし。お風呂に入れると気づいたらなんか気力回復してきましたし。やっちゃいましょう！

「エア！　大浴場の設置お願いします！」

『畏まりました。オーナー、設置完了致しました。大浴場の管理はグランの担当となります。新たな機能も追加になっております。ご確認下さいませ』

「ありがとうございます、エア」

喫茶店のカウンターで項垂《うなだ》れていた僕に代わって、優秀な執事として動いてくれるエア。なんて助かるんでしょう。あ、そういえば……。

「エア、残量で設置出来る設備ありますか？」

『ロッカールームＭＰ１２００、シューズボックスＭＰ９００、自動販売機（販売物のみ外界に持ち出し可能。カップ麺専用機・アイス専用機・ジュース、コーヒー専用機・ビール専用機・お菓子専用機　各種一律ＭＰ５０００）、マッサージチェア　１台ＭＰ２０００を選択次第で設置可能です。ですが設置するのであれば、これらは就寝前に設置する事をお勧め致します』

「大丈夫ですよ、エア。そうお願いしようと思っていたんです。でもお風呂に入りながら何を選ぶか考えてみます。先にお風呂へ向かいましょう」

カップを片づけてキイの喫茶店を出ると、フロントのある部屋が大きくなっています。そして喫茶店とフロントの間に男湯の暖簾《のれん》がかかっている入り口が追加されています。

「おお～、良いじゃないですか！」

中を確認しに行きましょう、と思ったらグランに呼び止められました。

『オーナー、大浴場・脱衣場が設置された事により機能が増えています。ご確認をお願い致します』

……そうでした。まずは色々確認も必要ですね。フロントのカウンター内に入り、画面を確認します。

《亜空間グランデホテル　フロント》
【宿泊者登録】
【宿泊状況】
【大浴場利用者登録】
【大浴場利用状況】
【大浴場・脱衣場管理】
【フロントスタッフ登録】
【大浴場スタッフ登録】
【備品発注】
【お土産コーナー】

『現在、私グランによって管理させて頂いている一覧アプリをご覧頂いています。必要に応じて随時ご説明致しますが、中でもオーナーにご協力頂きたい箇所がございます。大浴場・脱衣場管理に進ませて頂きます』

【大浴場・脱衣場管理】
《水質・空調・温度管理》一日消費ＭＰ１００　ＯＮ／（ＯＦＦ）
《清掃管理》
大浴場（朝・晩２回）一日消費ＭＰ１００　ＯＮ／（ＯＦＦ）
脱衣場（朝・昼・晩３回）一日消費ＭＰ１５０　ＯＮ／（ＯＦＦ）
《備品補充》
大浴場・脱衣場（朝・晩２回）一日消費ＭＰ２００　ＯＮ／（ＯＦＦ）

『ご覧の通り大浴場・脱衣場管理の際、オーナーから毎日魔力を頂く許可を申請致します。いかがでしょうか？』

「勿論良いですよ、グラン。そうなると総合して毎日どれくらい魔力とられるのでしょう？」

『それは私エアがお答え致します。大浴場・脱衣場管理を総合してＭＰ５５０、ホテル内では館内管理機能にてＭＰ１２００、召喚時のホテル内清掃も含めますとＭＰ１７５０の消費となり、現時点でのオーナーの１日の使用可能ＭＰは４万８２５０スタートとなります』

「そうですか、グランもエアもありがとうございます。管理に必要な事は許可出しますが、これからも僕に報告はお願いしますね。で、もうお風呂に行って良いですか？」

『勿論でございます。お時間を頂きありがとうございました。ごゆっくりおくつろぎ下さいませ』

グランからお風呂に向かう許可が取れたので、今度こそお風呂に行きましょう！　ついでにエアは説明があるそうで、脱衣場まで持って行く事になりました。

男湯暖簾をくぐると広い脱衣場が僕を迎えます。入り口近くに個室トイレと3人同時に使用出来る洗面台に鏡が設置されています。脱衣場の真ん中には脱衣カゴが12個設置された棚が背中合わせに2つあり、奥に休憩用長椅子が備え付けられていました。

男性用アメニティも揃ってますね。歯磨き粉／化粧水／髭剃り／シェービングフォーム／歯ブラシ／使い捨て用クシ／ヘアオイル／ヘアワックスまで完備です。これは明日からここで朝の準備ですね。あ、備えつけられたドライヤーは3つ。……コンセントまでありますが、使いますかねぇ。

『オーナー、この大浴場は一度にご利用出来る人数は24人までとさせて頂いております。また各脱衣カゴの中には大判タオル／フェイスタオル／ボディタオルも1枚ずつ用意されております。使用後につきましては、大判タオル／フェイスタオル／ボディタオルは長椅子横の使用済み籠に入れて置いてくだされば、清掃時にクリーンをおかけしまして初期の状態に戻る仕組みになっております。ここまでは大丈夫でしょうか？』

「ありがとう、エア。……これ僕一人で使うには贅沢すぎますね。でもまぁ、オーナー特権ってやつですから楽しみますか」

『オーナー、大浴場の設備の説明は必要ですか？』

「大丈夫。ゆっくり堪能しながら調べさせてもらいますよ」

『畏まりました。何かありましたらお申し付け下さいませ。ごゆっくりおくつろぎ下さい』

エアの丁寧な説明の後、僕はいそいそと服を脱ぎ準備をします。さあ！　待望の入浴時間です。

ガラッと引き戸を開けると程よい熱気が僕を迎えます。まず手前には多くの洗い場が見えます。各洗い場にはシャンプー／トリートメント／ボディソープ／洗顔石鹸／風呂桶／風呂用椅子が備えられています。

お風呂を知らない人には説明が必要かも知れません。そんな事を考えて、僕は髪と全身を洗い始めます。

やはりシャワーも使い方を知らないでしょうし、最初は僕が説明するとして、女性風呂の方はどうしましょう？　今後の対策も考えながら全身をシャワーで洗い流します。

さて！　入浴準備完了です。まずは泡風呂で身体をほぐしましょう。しばらく「あー……」と親父くさく声を出しながら浸かり、その後大浴槽で、チャポーンとゆっくり浸かります。

たっぷりの綺麗なお湯に浸かる幸せを経験したら、もう後には戻れません。この世界の人にもこの沼にハマらせてみたいものです。

ゆったり浸かりすぎてサウナとジェットバスは堪能できませんでした。この2つは時間ある時に入りましょう。室内着で過ごす一日があっても良いかもしれません。いやぁ贅沢。

ホコホコした身体をふわふわタオルで拭き、服をもう一度着直します。室内着に着替えたかったですが、この後木陰の宿に戻りますからね。仕方ありません。

洗面台に向かいドライヤーで髪を乾かし、スッキリ爽快です！　心なしか少し回復した気がします。

でも重大な事に気づきました。

コーヒー牛乳がありません！　由々しき事態です。

……決定ですね。今日寝る前には自販機を設置しましょう。

うんうん、と頷きながらエアを持ってフロントに戻ります。すると、グランが僕を呼んでいますね。何かあったんでしょうか？

『オーナー、ホテル正面扉の前に木陰の宿のスタッフが居ます。画面に映しますので確認をお願いします』

画面に映っているのは、あの元気な猫耳少女じゃないですか！　しかもこっちを見ています。え？　なんで？

「グラン、あの正面扉って見えないし触れない筈ですよね？　あの子の目線からすると、見えているように見えますが」

『オーナー。あの扉は看破スキル所持者には通用致しません。ですのであの少女はそのスキルを所持しているかと推測致します』

うわあ……なんて事でしょう。こんなに早く気づかれるとは……！

『オーナー。あの少女が騒ぎ出す前に事情を説明してみてはいかがでしょう？　看破スキルは、誠実で正しい心の持ち主にしか所持できません』

「エア？　その情報も一般常識なんですか？」

『こちらも初期設定の情報の中にインプットされておりました。一般には余り知られていないと存じ上げます』

という事は創造神様の配慮ですね。ありがとうございます。

はぁ、仕方ありません。

彼女には入館者第1号になって頂きましょう。

3章 初入館者です

「……これどうなっているの？」

元気な声の猫耳少女が扉をペタペタと触って、確認してますねぇ。

グランに外の音声も拾って貰っていたので、入り口付近の様子がよりわかるようになったのはいいですが、ここまで扉がハッキリ見られているとは思いませんでした。看破スキル恐るべし。

グラン曰くここの音声も外に届けられるそうなので、この機能を使って声をかける事にしました。

『あー、あー、テステス。もしもし、看破スキル持ちのお嬢さん。今から状況を話しに行きますので、ちょっと扉から離れて頂けますか？』

いきなり扉から声が聞こえてきた事に驚いたんでしょうね。耳も尻尾もピンとなって警戒している様子が窺えます。まぁ、そうなりますよね。

『今外に出ますから、大きい声出さないで頂けると助かります』

僕はそう言ってから正面入り口に向かいます。ドアを開けると、元気な女の子が律儀に口を押さえています。いい子なんですね。

「すみません。驚かせて」

「良かった！　お客さん無事だったんだね。コッチこそ勝手に入ってごめんなさい。でも今日は食堂混んできそうだから、部屋でも食べれる事伝えに来たら、こうなっているんだもん」

困惑した表情で僕に素直に教えてくれる女の子。なるほど。わざわざ教えに来てくれたんですね。やっぱりここはいいお宿です。

「あれ？　看破スキルの事は否定しないんですね」

「だって、私がそれ持ってる事この辺じゃ知られてるんだよ。ウチの宿では悪巧みはできないってね」

ニッと自慢気に笑って僕に教えてくれる女の子。それは下調べをしなかった僕の落ち度です。仕方ない、本題にそろそろ入りますか。

「成る程。であれば、もし良ければ食事を持って来てくれる時、少し時間取れますか？　この事について説明します」

「あ、話してくれるんだ。一応内容見えてるんだけど、どうにもわかんなくてさ。じゃ、一旦取りに行って時間もらってくるよ」

そう言って女の子はすぐ行動を起こし、部屋から走って出て行きました。あの子、宿屋を手伝っているだけあって理解が早いですね。話がしやすそうです。

……いや、でも一人で来るものだと思いますよね。普通。

「ごめんなさい。この子たちも一緒でいいですか？」

戻って来た女の子と共に、お手手を繋いだ可愛い子２人も一緒です。

「だめでしゅか？」

「いっしょにたべたいでしゅ」

と、上目遣いに僕を見上げる子供達。……可愛いすぎでしょう。一瞬にして籠絡《ろうらく》された僕。

「大人しくすると約束できますか？」

僕の質問に笑顔で尻尾をぶんぶんさせて、２人共頷きます。そんな２人の頭を撫でていると、ほっとした様子の元気な女の子。いい加減女の子の名前聞きますか。

「さて、改めて僕はトシヤと言います。皆さんの名前教えてくれますか？」

男の子が元気に「ライ！」というと「リル！」と女の子も元気に答えてくれます。うんうん、よくできました。

「私はエル。宜しくトシヤお兄さん」

エルさんですね。しかもお兄さん呼び。なんでしょう、嬉しいものですね。

「ライ君、リルちゃん、エルさんですね。宜しくお願いします。詳しい事は場所を変えて話しましょう。その前にエルさん、代表してみんなの年を教えて頂けますか？」

エアは既に入館者登録画面を出して用意してくれたみたいですね。流石エア。答えを待ちつつ、まずはエルさんの名前を打ち込んでいきます。

「私は10歳、この子達は５歳です」

不思議そうにしながらも答えてくれるエルさん。ええとエルさんは年齢は10歳、職業は木陰の宿従業員っと。

「エルさん、あの扉について話すには、中に入って貰った方がわかると思うんです。そして中に入る為に、この丸の部分に人差し指置いてくれませんか？」

　エルさんは更に不思議な顔をしつつも、僕の言葉に嘘はない事を確認したんでしょう。しばらくしてから人差し指をタブレットのホームボタンに当ててくれました。

『入館登録完了致しました。ようこそ亜空間グランデホテルへ』

　エアの歓迎の声にエルさんが「きゃっ」と声を出して驚きます。僕は続けてライ君、リルちゃんの登録に移行します。職業は無しでもいけるんですね。可愛い2人の指も当てて貰い、登録完了。

2人は「ようこそ」というエアの声に喜んでいます。

「これなーに？」

「なんでここにあるの？」

　登録した事で扉が見えるようになったライ君とリルちゃんは不思議そう。エルさんはワクワク顔ですね。

　さあ、入り口を開けて3人を中にご招待しましょう。

「さあ、3人とも中へどうぞ」

　扉を開けて促す僕の横をライ君、リルちゃんがキョロキョロしながら先に入り、エルさんが2人の後に続きます。

　入った途端、綺麗とはしゃぐライ君、リルちゃん。

「ここって一体……」

と不思議そうなエルさん。そこへグランが歓迎の声をかけます。

『ようこそ亜空間グランデホテルへ。私は当ホテルの総合受付担当グランと申します。当ホテルは現在喫茶店、大浴場をご用意しております。更に入館者一組目を記念して、本日エル様、ライ様、リル様は入浴が無料となります。是非、ご利用下さいませ』

グランの声がどこから聞こえているのかわからない3人は、天井や壁をキョロキョロと見ています。

「今の声が、僕のギフトの総合責任者グランです。細かい事は喫茶店の中で教えますから、まずはこちらへついてきてもらえますか？」

「きっさてん？」

「わかんないね」

ライ君、リルちゃんが首を傾げながら顔を見合わせていますし、エルさんは状況が飲み込めていない様子。すぐは理解できないでしょうからね。ともかく3人を連れてキイの喫茶店に入ります。

『ようこそ、グランデ喫茶店へ。喫茶店総合責任者のキイと申します。こちらの店では軽めの食事や各種飲み物、甘いデザートを提供しています。どうぞご利用くださいませ』

今度はキイからの歓迎の言葉にまたキョロキョロする3人。まずは落ち着いて貰いましょうか。3人をカウンター席に案内しますが、今になってライ君、リルちゃん用の椅子がない事に気づきます。

キイが機転を利かせてくれて、［備品］の中にある事を教えてくれたので、2脚注文してもらいます。

　突然に現れたキッズチェアに驚くエルさんに、喜ぶライ君、リルちゃん。子供は適応が早いですね。あ、エルさんも子供ですけど、彼女は保護者枠です。

　ようやく3人共カウンター席につき、僕はカウンター内に移動します。今日は僕が奢りますかね。3人共オレンジジュースでいいでしょう。キイに3つ注文しグラスを準備します。いつも通りジュースが出現し、ストローをさして3人の前に置きます。

「さあ、どうぞ。これは僕の奢りです。……ってエルさんどうしました？」

　ライ君、リルちゃんはエルさんの顔を窺っていて、当のエルさんは困惑顔。ん？　飲み方わからないのですかね。

「ああ、この棒みたいなのに口をつけて中のジュースを吸い上げて下さい。美味しいですよ。さ、遠慮せずに」

　僕が勧めるとエルさんは「はぁ」とため息をついてから、ストローで飲み始めてくれました。それをみて嬉しそうに真似する2人。美味しいと言いながら飲みすすめる子供達は見ていてほのぼのします。エルさんも「美味しい！」と喜んで下さってますし。

　ニコニコ様子を見る僕に、「あのね、トシヤお兄さん」とエルさんが真面目な顔で話しかけてきます。

「私まだ全部は把握できてないけど、とにかくお兄さんのこのギフトは凄いって事は良くわかった。それでね、お兄さんのこのギフト、まだ知られたくなかったんだろうって思ったんだけど、どう？」

真っ直ぐ僕の目を見て話すエルさん。……この子は鋭いですねぇ。

「正解です。エルさんの言うとおり、見つかった事は実は想定外なんです。このギフト『ホテル』っていって人を泊める宿泊施設なんですけど、まだ未完成なんですよ。それに、どこにでも入り口を開く事ができ、それでいてこの性能の高さを考えると、誰かれ構わずに迎え入れる事は難しいと考えています。自衛手段が先だと思ってましたし。何より僕がこの街を知らないですから。余計にですね」

「そっか。それはごめんなさい。でもそりゃそうだよね。ちょっと見ただけだけど、これだけすごいんだもん。警戒は必要だよ」

「ここすごい！」

「うん！　すごいおいしーの！」

理解をしてくれるエルさんと、エルさんの言葉に同意する子供達。本当にいい子達ですね。

「理解してくれて嬉しいです。でも難しい事はライ君とリルちゃんがいない時にしましょうか。2人がソワソワしてますから、先に持ってきてくれた料理食べませんか？　エルさん、アイテムボックス持ちですよね」

「当然！　じゃ今出すね」

何も持っていなかった事からアイテムボックス持ちだろうと予想していた通り、エルさんが慣れた手つきでアイテムボックスから料理を出し配膳してくれます。

黒パンにオーク肉の煮込みスープはほんのりあったかい感じでした。ライ君、リルちゃんは早速パンをスープにつけて食べ始めています。僕もカウンター席に移動し、一緒に食べ始めます。うん！　美味しい！　味は塩ベースですが肉の旨みと野菜のあまみで濃厚な味わいになっています。肉は勿論柔らかいし、これはいいですね！

美味しいと笑顔で同意を求める子供達に交ざって、同意しながらみんなで食べる賑やかな食事。この雰囲気いいですねぇ。

メインの食事を食べ終わったら、今度は僕の番です。カウンター内に入りお皿を準備して、キイにバニラアイスクリームを４つ出して貰いました。出てきたアイスにスプーンを添えて、

「甘いものもどうぞ」

と渡して行きます。子供達の口に入った途端に上がる歓声。

「冷たくておいしー！」

「おいしー！」

「あまいのー！」

出したこちらも満足する反応振り。良いですねぇ、素直に反応が返ってくると。

そしてデザートが終わったら、散歩がてらにお風呂案内。靴を入り口で脱いでもらって、中に入るとトイレに驚き、脱衣場に驚き、タオルに驚き。そして、今日一番の歓声は浴室内を見せた時に頂きました。

そうなると当然３人共「「「はいりたーい！！！」」」コールです。今日、３人は無料です。設置し

たのは男性専用浴場ですが、他のお客様がいない状態でオーナーである僕が許可すれば問題ないようです。勿論喜んでご案内させて頂きました。使用方法は服を着たまま案内しましたが、エルさんは1回で理解してくれて助かりました。

ん？　一緒に入らなかったのかって？

入りませんよ！　大変かもしれませんが、エルさんにライ君、リルちゃんを任せました。エルさんも「いつも世話してるから大丈夫！」って張り切ってましたので、僕は早々にお風呂場から撤退です。

キイの喫茶店で片付けながら待っていると、ゆっくりしてきたんでしょう。ほっかほかでニコニコの表情で子供達が喫茶店に入ってきました。

「もう最高！」

「「さいこー」」

お風呂上がりは3人共テンション高かったですねぇ。その後はオレンジジュースを出して少し雑談していたら、おねむの時間になったライ君、リルちゃん。

「じゃ、難しい話は明日にしましょうか」

僕の提案に頷くエルさん。そしてライ君を僕が、リルちゃんをエルさんが抱っこして出口に向かいます。

するとまたグランから呼び止められました。この展開はもしや……。

『オーナー、画面をご覧下さい』

……案の定です。今度は扉は見つけられていませんが、僕の部屋に三十代位の男性と女性が困惑顔で立ち尽くしています。

「あ、お父さん、お母さんだ！　うわ、やばい……」

やっぱりこのお宿のご主人さん達でしたか。グランの話では、つい先程僕らがいない事で様子を見に来たエルさんのお母さんが困惑し、お父さんを呼びに行って来たばかりなんだそうです。まだ宿中の騒ぎにはなっていませんが、重なる事は重なりますねぇ。

「トシヤ兄！　ごめん先行くね」

エルさんがリルちゃんを抱えたまま正面入り口へ走って行きます。僕といえばライ君を抱えてますし、何事もなかった事にはできそうもありませんし、観念してゆっくり歩いて後を追って行きます。

そして僕もライ君を抱いて扉を出ると、エルさんの声が聞こえてきましたね。

「ほら！　言ったでしょう？　ライもちゃんと無事だって」

「あらぁ、エルちゃん。そんな事言ったって理由教えてくれないと納得できないじゃない」

「そうだぞ、俺だってこの目で見たけど、すぐには信じられん。壁からお前達が出てきた時は腰を抜かすかと思ったんだぞ」

どうやら先に出たエルさんが、ご両親に質問攻めされていたみたいです。でも、エルさん、僕の事言わないでいてくれたんですね。口が堅いことで更にエルさんの信頼度が上がりました。

まぁでも、僕が話さない事にはこの場は収まらないでしょう。

「お話し中すみません。僕はトシヤと申します。まずは大変申し訳ありませんでした。大事な息子さんと娘さん達を勝手に連れ出してしまって。その件についてしっかりお話し致しますが、その前にライ君、リルちゃんを先に寝かしつけて頂き、その後またこの部屋に来て頂く事は可能でしょうか？」

僕から謝った事が功を奏したのか、少しご主人さんの表情が柔らかくなりましたね。

「あらまぁ、ライちゃんこんなに安心して寝ちゃって。重かったでしょう？　ライちゃん引き取りますわ。ほらあなた」

意外にも動じず対応してくれたのは奥様の方でした。ご主人さんは奥様の言葉に「はぁ」とため息をついて、僕の方へ近づいてきます。

「色々言いたい事はあるが、取り敢《あ》えずライをありがとう」

ご主人さんが僕からライ君を受け取って優しく抱き上げます。どうでもいいですが、ご主人さんは男前、奥様はとても可愛らしい方なんですね。この子達が可愛い訳ですよ。

「いいえ、ご心配をおかけして申し訳ありませんでした。それでこの後お時間は大丈夫ですか？」

僕の問いかけに顔を見合わせるご主人と奥様。エルさんは「トシヤ兄私もまた来るからね」と言ってますねぇ。そうそう、「トシヤ兄」って呼んでくれるくらいにエルさん僕に馴染んでくれたんですよ。嬉しいじゃないですか。

「すまんが、かなり遅くなるが良いだろうか？　明日の仕込みもあってな」

「構いません。気になるなら奥様もどうぞいらして下さい。エルさんもまた来るみたいですし」

……確かに僕はこう言いました。でもですね、３人だと思うじゃないですか。普通。


「エルちゃんのいい匂いの理由がわかるんですって？」

「ツヤツヤなのよ、髪が」

「お母さんも気になるわぁ」

「みんな静かにしろよ。壁薄いんだからウチ」

「お前らまでなぜ来るかな」

「ごめんトシヤ兄。みんな来ちゃった」

いや皆さん、ここ狭いの知ってますよね。……もう早く入館登録しましょうか。今回は初めから隠す事なくエアを使います。

「皆さん、まずはこのタブレットに向かって名前と年齢と職業を言ってから、この丸い部分を人差し指で触って下さい。その後の皆さんの誘導は……エルさんにお願いできますか？」

「任せてよ！」

と張り切って言うエルさんに「何を言っているんだ？」と言う表情の皆さん。構わず説明を続けます。

「夜も遅いですし、タブレットを触ったら口を手で押さえて下さいね。まずはご主人さんから」

僕はタブレットをご主人さんに向けます。

「ええと、俺はゼン。年齢は34歳。職業は料理長だ」

ゼンさんはそう言ってからタブレットを触ってくれました。案の定、急に視界に現れた正面玄関に驚いて「うおっ！」となるゼンさん。まあ、どうしても驚いて叫ぶので、エルさんが即座に手でゼンさんの口を押さえつけて、そのまま扉の中へ強制連行してますね。エルさんが良い仕事してくれます。

続いて奥様はカルナさん、34歳、料理補助。ここからはお初にお目にかかります。長男リーヤさん、19歳、料理補助。長女メイさん、17歳、接客。次女フランさん、16歳、清掃兼接客。漏れずにみんな美男美女です。僕、流石に目が肥えてきました。人間、美形を見続けると慣れるものです。

それは置いといて、皆さん見えた途端に驚きの声を上げたので、次々とエルさんに口を塞がれて連行されて行きます。カルナさんはエルさんを揶揄《からか》う為に声上げてましたけど。

みんなが中に入ったので僕も中に入ると、皆さんグランから説明を受けているみたいです。

「……と、するとここはトシヤ君のギフトの中って事で、宿泊する施設な訳か」

「お父さん、まだ宿泊施設としては未完成だけど、喫茶店と大浴場は凄いんだよ！」

ゼンさんがグランの言った事を理解しようと復唱している姿に、エルさんが自慢気にホテル設備を宣伝してくれています。エルさん、家族と楽しい事を共有出来るのは嬉しいのでしょうね。テンション高くなっています。

他の皆さんは、もの珍しそうにキョロキョロと内部を見ています。まずは皆さんに喫茶店に来てもらいますか。あ、体験を先にしてもらうのも良いですね。

「皆さん！　この中では大声出しても大丈夫ですよ。まずは喫茶店で話し合いたいのですが、その前に……グラン！　皆さんは今回お風呂利用可能なんですか？」

『はい、現在ゼン様御一家、初入館キャンペーンの対象となりますので、本日大浴場は皆様無料となっております。では皆様何かありましたら、私グランにもお申し付けくださいませ』

僕とグランの会話を聞いていた女性陣は、大浴場無料という言葉に嬉しそうな声を上げています。むしろエルさんが今にもご案内しそうな雰囲気です。その方がいいかもしれませんね。

「皆さんちょっと提案しても良いですか？　僕のギフトは体験してもらうと理解しやすいので、先に女性の皆さんに大浴場を利用して頂くのはいかかでしょう？」

僕の言葉に女性陣から歓喜と賛同の声が上がります。

「よければエルさん、女性の皆さんにご案内お願い出来ますか？　そして男性の皆さんは喫茶店でお茶でも飲みませんか？」

僕の提案に「エル行くわよ！」と、女性陣はすぐにエルさんを連れて大浴場に向かいます。エルさん2回目ですけど大丈夫ですかね。

「さて、ゼンさん、リーヤさん。僕の大切なスタッフを更に紹介しますね」

ガラス張りの喫茶店が珍しいのか、立ち止まって動かなくなる2人をなんとか中に入れるとキイが歓迎の挨拶をします。

『グランデ喫茶店へようこそ！　喫茶店総合責任者のキイと申します。こちらの店では軽めの食事や各種飲み物、甘いデザートを提供しています。どうぞご利用くださいませ』

キイの挨拶の後、2人をカウンター席に案内して、僕は定位置のカウンター内へ。

「じゃ改めまして、ようこそ亜空間グランデホテルへ！　僕が総合支配人のトシヤです。って言ってもほぼやって貰ってるだけですけどね。話の前に何か軽く食べます？　飲み物だけにします？」

「ここはどんな食べ物があるのか気になる」

「ああ、そうだなリーヤ。料理人の勘が何か食べろと騒いでいるんだ。トシヤ君申し訳ないが、食べる物頂いて良いだろうか？」

リーヤ君、ゼンさんが少し申し訳なさそうに頼んできます。働いた後ですから、夜でもお腹空いてるでしょうね。

「わかりました。あ、キイ。メニュー表って備品にあります？　あったら取って欲しいです」

『ございます。グランデ喫茶店メニュー表3枚セットをお取り寄せ致します』

キイが話し終わるとカウンターに現れるメニュー表。リーヤ君とゼンさんに1冊ずつ渡して僕も見てみます。お、写真付きになってるんですね。文字が読めない人や食べた事のない人は助かるでしょうね、これ。しかも館内設備まで紹介しているページがあります。まだ喫茶店と大浴場だけですけどこれは良いですね。

僕が納得して見ている前で、食い入るように喫茶店メニューを見ている2人。料理長と料理補助ですもんね。未知の料理は気になるでしょう。

「さてご注文はお決まりになりましたか？」

僕の問いに2人からなかなか返事は返ってきません。なぜなら……

「……パンにこうやって挟んでも噛めるのか？」

「それ以前に父さん白いソースってミルクだよな。これどんな味か気にならないか？」

「いや、気になると言えばこのビーフシチューというスープだ。一体何が入っているのか……」

って感じで熱中して聞こえないみたいです。僕が困っていると、キイが提案をしてきました。

『オーナー、ここは私に任せていただけますか？』

「ん？　キイなにするんです？　良いですけど」

『畏まりました。では……カルボナーラソースの作り方。材料は生クリーム、もしくはミルク適量。オーク肉の燻製、コッコウの卵黄のみ、塩、胡椒、バターです。作り方は……オーナーの話が終わったらお教え致します。ゼン様、リーヤ様いかがですか？』

凄い。キイが材料って言った時点で2人が真剣な表情で顔を上げました。作り方って言った時に、ゴクリと喉を鳴らすほど真剣に聞いているとは、根っからの料理人気質なんですね。

「あー!!　途中で止められるとは！　でも贅沢な材料使っているんだ、美味いだろ絶対！」

「リーヤ！　気持ちはわかるが今は俺達が悪い。トシヤさんが厚意で言ってくれているのを無視したんだからな。悪いな、トシヤさん。でもキイさんとおっしゃったか。後で是非ともご教授願いたい！」

……なんか僕よりキイがこの2人にとって立場が上になったような。ま、良いでしょう。キイが認められるのは嬉しいですし。

キイと料理人同士意気投合したようで、2人から注文まで聞き出したキイ。流石、喫茶店責任者。

リーヤさんはカルボナーラスパゲッティとビーフシチュー、ゼンさんはオムライスにビーフシチューと夜にもかかわらずガッツリ食べるようです。

僕はといえば、エアにMP残量に余裕がある事を聞き出してから、キイに注文決定の許可を出します。お皿とスープ皿各2枚用意してタップすると、いつものように出来立ての料理が出てきたのですが、2人はこれにも驚き「「うおぉぉぉぉ」」と野太い歓声を上げていました。

カウンター越しに注文した料理を渡し、フォークとスプーンも渡すと早速食べ始める2人。面白いのは一口目じっくり味わったかと思ったら、その後目をカッと開いて勢いよく食べ始めるんですよ。2人同じ動作で食べ進める姿に、親子なんですねぇとほっこりする僕。

食べながらもキイにあれこれ質問をする2人の姿に、僕の話はいつ出来るんだろう、とちょっと遠い目をしたのは秘密です。

楽しんでもらうのがまずは理解への入り口でしょうからね。落ち着くまでちょっとコーヒーでも飲んで待ってましょうか。

「すまない、トシヤ君。熱中してしまった……」

「すげえ勉強させて貰った！　トシヤ君、いやトシヤって呼んで良いか？　俺ここ通いたい！」

少し冷静になったゼンさんに未だ興奮しているリーヤ君。なんだかんだでキイと一時間以上話していました。疲れ知らずですねぇ。

でもまだ女性陣帰ってきていないんですよ。こちらも凄い。女性は長湯と聞きますが、本当ですね。いや、考えてみたら男湯でこれですよ。女湯出したらどうなるのか……帰ってきますかね。

内心ヒヤリとしながら笑いかける僕。

「ゼンさん気になさらずに。リーヤと僕も呼ばせていただきますね。この口調は素なので慣れて下さい。さて、リーヤからの提案ですが、その件についても詳しく話しあいたいのですが……」

カランカラン。

「もーう最高よぉ！」

「ちょっと！　リーヤにお父さんも入ってきた方が良いって！」

「あらぁ？　良い匂いがするわねぇ」

「トシヤ兄戻ったよ～！」

……丁度女性陣が戻ってきましたねぇ。これ今日は無理でしょう。取り敢えず女性観点の感想を聞きましょうか。

「皆さんおかえりなさい。大分ゆっくり楽しんで頂いたみたいですね」

僕の言葉に被せるように女性達が話し始めます。

「なにあの凄いお風呂！　たっぷりのお湯！　あんなに贅沢したのは初めてよ！」

興奮たっぷりに両手を組んで話し出したのは長女のメイさん。

「それにあのシャンプーにトリートメントが凄いわ！　アレを知ったらもうなかったことになんかできないわ！」

「「ね～」」とメイさんと頷きあっているのは次女のフランさん。

「メイ姉もフラン姉も凄いんだよ。サウナにも入ってしばらく出て来ないんだもん。全部のお風呂堪能するのにも時間かけるし。なんかライとリルを面倒見るより疲れたよ」

疲れ切った表情をするのはエルさん。みんなの案内役ご苦労様でした。僕は無理です。

「ねえ、トシヤ君。入り口の布に書いてあった字はなんて書いてあるのかしらぁ？」

ウッ！　奥様のカルナさん、なんて目敏《めざと》いんでしょう……。

「え～と……『男湯』って僕の国の字で書いているんです……」

なんでしょう？　カルナさんから妙な迫力が感じられるのですが、気のせいですかねぇ。

「うふふ、やっぱりトシヤさん異国の方だったのねぇ。あと、今日だけ無料って言っていたけど、また使いたい時はどうすればいいのか教えて頂きたいわ。料金お高いのかしら？」

頬に右手を当てながら僕に聞いてくるカルナさん。やはり鋭いところをついてきます。そして女性達から一挙に期待の視線を浴びる僕。

「えーと……エア教えて下さい」

『畏まりました。まずは皆様、私はオーナーの補佐役エアと申します。以後よろしくお願い申し上げます。では概要をお伝え致します。基本的に一度入館登録した方は、今後もトシヤオーナーが扉を出している時であれば、いつでも入館可能です。入館だけでは料金は発生致しません。ご質問の入浴に関してご利用頂ける時間に制限はございませんが、1回の使用料金は成人が500ディア、未成人が250ディアでございます。また現在お買い得なプランといたしまして12回分が一纏めになった入浴回数券が、2回分無料になって5000ディアで販売しております。更に24回分の回数券は4回分が無料になって1万ディアで販売しております。お買い求めの際には正面フロントグランよりお求め下さいませ。お帰りの際には是非ともご検討をお願い致します』

僕も初めて知りましたよ、エア……。でも回数券ってなんか懐かしいですねぇ。

『因みに、オーナーがパスポート申請機を設置していただければ、月10回無料になる月間パスポートや1ヶ月無料になる年間パスポートも発行可能です』

いや、エア。それみんなの前でいうことじゃないですよね。後で業務連絡していただければよかったのでは……？

なんとなく期待の視線が強くなったような気がします。これは逃げましょう。あ、でもその前に。

「安いわ！　お買い得よ、これ！　24回入浴券買って帰りましょうよ！」

「まず12回からで良いんじゃない？」

「パスポートは魅力的ねぇ」

嬉しそうに相談している女性陣から、エルさんだけをカウンター内に呼びます。

「エルさん、女性の皆様に喫茶店も利用して貰いたいのですが、ここに立ってキイの言う通りに動いて貰って良いですか？　勿論、皆さんの飲食代は今日だけは僕が出しますから」

「いいの？　トシヤ兄。私たちばっかり得してるよ？」

エルさん、良い子です。思わず頭を撫でてしまいます。

「ありがとうございます、エルさん。今後僕がかなりご迷惑おかけする予定ですからね。今日は先行投資です」

「ふーん、わかったよ。じゃ、ご馳走になるね！」

「楽しんでくださいね。その間に僕ら男性陣がお風呂に入って来ますからよろしくお願いします。

キイも皆さんの注文した品のお代は僕から払うようにして下さいね」

『畏まりました。こちらはお任せ下さいませ』

頼りになりますねぇ、本当に。さて残りの皆さんは……？　とカウンターの外に目を向けると、
カウンター席に女性陣を座らせたゼンさん、リーヤが後ろからメニュー内容について説明している
ところでした。流石、宿を経営しているだけあって、良く気づいて下さいます。

『皆様、本日はオーナーからのご厚意で、全て代金は無料となっております。ご自由にお好きな物
をお選び下さい』

キイの言葉に歓喜の声を上げる女性陣。

「これ美味しそうよ！」

「メイ姉半分ちょうだい」

「じゃ、これ一緒に食べてくれる？」

「あらぁ、こんなに良いのかしら」

と次々声が聞こえてきます。後はキイに任せて大丈夫そうですね。

「じゃ、ゼンさん、リーヤは大浴場の方へ移動しましょう。僕がご一緒します」

女性陣の賑やかな声が響く喫茶店を後にし、嬉しそうな男性陣を大浴場に案内します。

さあて、男３人でゆったりまったり入ってきましょうか。

チャポン……バシャバシャ！

「くぅぅぅ！　気持ちいい～！」

リーヤが大浴槽に入って浴槽のお湯で顔を洗っています。気持ちいいんですよね、これ。

「これは贅沢だ。王侯貴族だってこんなお風呂入った事ないだろうな」

頭を大浴槽の縁《ふち》に乗せて身体を伸ばして浸かっているゼンさん。気持ち良さそうです。ん？　僕ですか？　僕も大浴槽に入っていますが、リーヤの隣でぼーっとしてます。……正直疲れました。

この2人タフなんですよ。それに研究気質なんでしょうね（遠い目）。それは脱衣場に入った所から始まりました。


「父さん、トイレがこんな所に！　こんなトイレ見た事ないよ！」

「リーヤ、こっちも見てみろ。なんだこの綺麗な洗い場は。しかも見た事のない備品がいっぱいだ！」

「凄い！　このトイレ水が流れるよ。これで汚物を流すのか！　匂いもないしスライムトイレより気持ちよく使える！」

「これはなんだ？　変な形の道具に刃がついているものだ。ん？　シェービングフォームとは？なんか使い方が絵で描いてあるな。……これは髭剃りに使う泡か！　この変な形の道具で剃るのか！　どれ……」

「なんだ？　この洗い場に付いている魔導具。この突起部分を押すと良いのか？」

ブォォォォ。

「凄え！　あったかい風が来る！　これ、もしかして髪乾かす物だろう！　なぁトシヤ、そうだろう？」

「トシヤ君。これは綺麗に剃れる物だな。しかもこの小さなブラシがついたのは何に使う物なんだ？」

もうどこから手をつけたら良いかわかりません。２人は各々試しては聞き、感動しては聞き、脱衣場から中々先に進まないんですよ。


それはやっとの事で入った大浴場に入っても同じ。

洗い場の数に驚き、シャワーに、シャンプー、トリートメントに感動し、サウナまでしっかり堪能してくるんです。サウナの後の水風呂に「「うぉぉぉ」」と気持ち良さそうな野太い声をあげ、ジェット、泡風呂も堪能し、今ココです。

僕はエルさんの気持ちがわかった気がします。楽しんでくれるのは良いですが、この世界の人が入る場合、慣れるまではサポート役が絶対必要だと心から思います。僕はもうサポート役は嫌です。

なんて事を考えていたら、ゼンさんから真面目な声で呼ばれます。

「トシヤ君。まずは君が俺の家族を受け入れて、このギフトに招いてくれた事を感謝する。そしてこれ以上のない歓待にも家族代表としてお礼を言いたい。ありがとう」

僕の方に向き直り頭を下げて感謝を伝えるゼンさん。

「いえ、それには及びません。実は下心もあってやっていた事ですから」

「トシヤ、喫茶店でも話しかけていたよな」

「そうなんです、リーヤ。話は長くなりますが……この亜空間グランデホテルはご存知のように未完成です。それに、実は僕、この国にはつい最近来たばかりで何も知りません。でもこのホテルには信頼出来るスタッフや施設を試してくれる人、僕も自衛手段が必要という準備段階の状態です。そんな時期に、木陰の宿で先に気づかれちゃいました」

「エルの看破スキルだな」

「そう、リーヤの言う通りエルさんの看破スキルです。見つかってしまいましたが、このスキルを持っている人が働く宿屋の皆さんなら、それも全員家族で経営しているのであれば、より信頼出来るのでは、と考えました。ですからこのギフトを明かした上で、協力者になって欲しいと思っています」

「ふむ、協力とは？」

おお、ゼンさんが興味を示してくれました。

「ゼンさんご家族がまずはこのホテルの利用者になって、この国の人が使う上で困る事、わからない事を僕らに伝え、逆にこの国の事、取り分け信頼出来る人を紹介して欲しいのです」

僕の言葉に少し考えこむゼンさん。

「いいじゃないか！　父さん。トシヤは協力者が欲しい。俺たちはこのホテルを利用したい！　お互いの利益がかみあっているんだ。悩む事なんてないだろ？」

嬉しい事にリーヤは僕に協力的です。でもゼンさんは頷きません。……まぁ、理由は当然でしょうね。同じ宿屋です。このホテルが世間に知られた時、正直な話、木陰の宿は勿論、近隣の宿屋にも影響が及びます。体感したゼンさんがそれをわかっているからこそ、頷くのにためらいますよね。

「ゼンさん。僕の今後の展開予定を聞いてくれますか？」

「話してくれ」

「このホテルは一般には公開しないつもりです。街の宿屋全体を巻き込んで、どこの宿でも構いませんが100回食事や宿泊したお客様にこのホテルの大浴場や喫茶店を公開し、1000回で宿泊も可能という感じに、地域と協力体制を敷いた上でホテルを公開したいと思っています。その為にもまずこの街の商業ギルドを巻き込み、自衛の為に冒険者ギルドも巻き込みたいと考えています」

「地域との協力体制か。バックに商業ギルドと冒険者ギルドがつけば、貴族も無理は言えないだろうし、王家も手を出すのは難しくなるとは思うが……。だが、入り口は1つだろう？　どうしても混乱は必死だ」

「ゼンさん達にはお話ししますが、魔石の数さえあれば入り口は増やせるんです。それに、入ってきた入り口からじゃないと帰れないように設定しますから、知らない人がいきなり木陰の宿に入ってくる心配はありません」

「まだ頷くには難しい。何せ客がどんどん離れて行く事になる。その点はどう考えているんだ？」

「宿の住み分けをしようと思っています。ウチは高級志向でいくため、宿泊値段の設定は高めにします。でも一般の人でも頑張ってお金を貯めたら泊まれる設定にします。更に優良宿屋には木陰の宿のように店に直接入り口を作り、お互いに行き来出来るようにするつもりです」

「成る程。そこまで考えていたのか。……だが、トシヤ君。そう考えているほど、簡単ではないぞ」

「そうですね。ですから地道に進んでいくしかないと考えています。まずはゼンさんご家族を巻き込むのを成功させないと、話は始まりません」

ここまで黙って聞いていたリーヤが「2人とも、ここまで考えていたのか……」とボソッと呟いています。実際上手くいくかはわかりませんし、問題は幾つも出てくるでしょう。

でもゼンさん家族を招いて、僕も腹を括ったんです。こんなにも人を笑顔に出来る施設なんです、独り占めはもったいなさすぎます。

「良し、わかった。リーヤ、ウチの家族は協力する方向で行こうと思うがどうだ？」

「俺は勿論賛成！」

「そうか。だがトシヤ君、他の家族とも話しあいたい。明日の夜にもう一度時間をとってはくれないか？」

「僕は勿論良いですよ。いくらでも待ちます。時間だけはいくらでもありますから。それより長湯になっちゃいましたね。そろそろ上がりましょうか？」

「本当だな。これは怒られるな」と苦笑しながら、大浴槽から出るゼンさん。「え？　早い方じゃね」とリーヤ。

女性は待たせると怖いぞ、と僕はお祖父さんから教えられてきましたからねぇ。ゼンさんの方に僕も同意です。

ほっかほかの体をふんわりタオルでよく拭き、着替えて出て行った後は、やはり女性達から
「「「遅い！」」」と言葉を貰った僕達。

すっかり夜も更けて遅くなったので、今日はこのまま解散。メイさんとフランさんが渋ってましたが、入浴回数券も今回は購入見合わせだそうです。

そしてゼンさん曰く「一眠りしたらすぐ朝の仕込みだな」だそうです。誰からも反対意見は出ません。なんてタフな人達でしょう。

そうそう、女性陣はなんだかんだで結構飲み食いしていた事が判明。キイ曰く、

「タダの時なんてそうないんだから」

「ダイエットは明日からにするわ」

「私成長期だし」

「ウフフフ」

という事を言っていたらしいです。

僕はというと、初めてギフトにお客様達を招いて気を張っていたんでしょう。オーナールームに戻り、ベッドに入ってすぐ寝落ちしました。

これでまだ異世界二日目なんですよねぇ。なかなか濃い日でした。

4章　設備を増強しましょう

「……ん？」

おはようございます。まだ寝ぼけているトシヤです。何やら呼ばれた気がして目を覚ましたのですが、頭が働きません。ボー……っとしていると、エアが僕を呼んでいます。

『オーナー。おはようございます。早速報告させて頂きます。既に入館者が2名、グランデ喫茶店にリーヤ様、フロントにてエル様がいらっしゃいます。エル様が先程からオーナーをお待ちですが、いかがなさいますか？』

おお、昨日の今日で既に入ってくれているのですね。

「すぐに準備します。エルさんにちょっと待っていていただくように伝言をお願い出来ますか？……あれ？　エア、ところで今何時ですか？」

『現在3の刻、日本時間で午前10時を過ぎたばかりでございます。エル様は現在グランが対応中です。グランよりエル様からの伝言が届いております。急がなくて良いよと言付かっております』

「ありがとう、エア。グランにもありがとうって伝えておいて下さい」

どこまでも僕に従順なエアに感謝を伝えると『恐悦至極に存じます』と答えるエア。助かりますねぇ。そういえば僕、服ずっと着たままでした。下着も替えた方が良いですね。

「エア、取り扱い商品からワイシャツと、男性用下着出して貰えますか」

『畏まりました。取り扱い商品よりワイシャツ（M／L／LLサイズ×各10枚）MP600、男性用下着　各種サイズ×各3枚　MP30を消費致しましてベッドの上にお出し致します』

エアが言い終わると出現するワイシャツと下着。僕のサイズはLですから、その他のサイズはトランクルームに入れておいてもらいましょう。

早速新しい下着とワイシャツに着替えて、クロークに残りのワイシャツと下着をしまいます。クロークからフェイスタオルを持ってきて、トイレで顔を洗ったらエアを待ってオーナールームを後にします。

「だからね、グランちゃん。今日入浴回数券買いに来ると思うんだけど、どうやってグランちゃんはお金を受け取るの？」

『はい。このようにお出ししますので、回数券をお取りになりましたら、中に硬貨を入れて頂けたら支払い完了となります』

ドアを開けたら、エルさんの質問にグランが対応しています。そしてフロントのカウンターの一部分がカパッと開いて閉じるといった会計方法のデモンストレーション中でした。

……そんな仕組みだったんですか。もっと格好良く出てくる仕組みだと思ってましたよ。

「あ、トシヤ兄おはよ。良く寝てたね」

『おはようございます、オーナー』

2人が僕の存在に気づき挨拶をしてくれます。まぁ、グランは当然気づいていたでしょうけど。

「エルさん、グランおはようございます。エルさん、今日は何か約束してましたっけ？」

「ううん。でもね、ちょっと困った事になっててね。トシヤ兄、ウチの宿に戻ってもらっても良い？」

おや、なんでしょうね。まだ何も動いていないので問題が起こる事はない筈ですが……？

そう思いながら正面入り口から宿に戻ると、

「なんで僕達が知らないのさ」

「そうよね。起こしてくれたって良いのに」

頬を膨らませ拗ねていた次男ミック君（7）と四女サーシャさん（7）が、ベッドに腰掛けて待っていました。

そうか……君達もいましたね。

「だから朝説明したでしょう？　ほら、トシヤ兄連れてきたから機嫌直してよ」

エルさんが2人に声をかけてから、

「トシヤ兄、この2人も入館者登録して欲しいんだけど良いかな？」

と僕にお願いしてきます。成る程、納得です。そりゃ、仲間ハズレは嫌ですよね。

これは2人には機嫌を直して貰わないと。改めて僕から挨拶をし、2人にも自己紹介して貰いましたが、意地になっちゃったのか目を合わせてくれません。それでも本気で怒ってないのが、チラチラと僕の様子を窺っていることからわかります。

なんとも微笑ましいものです。そう思いながら2人に魔力認証して貰い、亜空間グランデホテルの正面扉が見えた時には「「やったー!!」」と喜ぶ姿がまた可愛くてほっこりします。

「トシヤ兄ちゃん早く行こうよ！」

「エルお姉ちゃんも早く！」

機嫌が直った2人に急《せ》かされて、また亜空間グランデホテルへと戻ります。

初めて入った2人は面白そうに周りをキョロキョロし、グランからの挨拶にしっかりとお辞儀をしながら「「宜しくお願いします！」」と元気にご挨拶。

どうやらエルさんによると、2人はメイさんとフランさんにしっかりこのホテルについて聞いてきた様子。話が早くて良いですね。そろそろ僕もご飯が食べたいので、4人で喫茶店へ向かいます。

カランカラン。

喫茶店のドアを開けると、聞こえてきたのはリーヤさんとキイの話し声。

「じゃ、昨日の父さんの食べてたオムライスの上にかかっていた調味料、ケチャップだっけ？　アレなら応用が利きそうだね」

『はい。パンに浸しても、スープにしても、お肉のソースにしても美味しいですよ。あら、いらっしゃいませ。オーナー、エルさん。そして初めまして、ミック君、サーシャさん。このグランデ喫茶店の総責任者キイと申します。宜しくお願い致します』

カウンター内にいるリーヤと話をしていたキイが、優しい声で僕らに挨拶をしてくれます。

「お願いします！」

「綺麗な声！　お願いします！」

　２人も笑顔でキイに返事をしています。

「お、トシヤようやく起きたか。ミックもサーシャもホテルに入れて良かったな。すげーだろ、ここ」

　自分の事のように自慢するリーヤ。

「リーヤ兄ちゃんだって昨日知ったばかりのくせに」

　顔を見合わせてツッコミを入れるミック君とサーシャさん。

「おはようリーヤとキイ。キイ、お腹すいたんですが、サンドイッチとコーヒー、それにオレンジジュースを３つお願いします。リーヤはどうします？」

「あ、俺もコーヒーってやつ飲んでみたい」

「じゃ、コーヒー２つでお願いします」

　そう言ってカウンター内に入って行こうとすると、リーヤにカウンター席に戻されました。どうやらリーヤが動いてくれるみたいです。

「キイさん。コーヒーとオレンジジュース３つの分、俺払うよ。いくら？」

「さっすがリーヤ兄！」とエルさんがリーヤをおだてると「「リーヤ兄ありがとう！」」とミック君とサーシャさんもちゃんとお礼を言います。家族内でもちゃんとお礼ができるのって良いですよね。

「リーヤ、僕が払っても良いですけど」

「トシヤは昨日いっぱい払ってくれたろ。お前とはフェアでありたいんだ。つってもこのホテル自体当てにしてるあたりから、お前に頼ってるけどよ」

リーヤがニッと笑いながら、なかなか嬉しい事を言ってくれます。親しくともお金関係をきちんとする人とは、長く付き合えるようにしろ、とお祖父さんが言ってました。お祖父さん、異世界でも同じなんですね。

ちょっとほっこりしながらも、僕のMP残量も気になりました。

「キイ、リーヤに金額教えてあげて下さい。エア、全部引いた上で僕のMP残量教えて下さい」

僕の指示にまずキイが答えます。

『はい、オーナー。リーヤさんはブレンドコーヒー、オレンジジュースが3つ、4品合わせて1200ディアでございます』

と言って、カウンターの一部をカパッと開けて『ここに入れて下さい』と伝えています。

リーヤはちゃんと細かいお金持ってきてくれたのか、銀貨1枚と銅貨2枚を丁度入れてくれました。この辺も良く気づいてくれて助かりますね。それが終わると、今度はエアが話し始めます。

『オーナーの本日の使用済み魔力は、MP1840でございます。就寝にてMPが全回復し、現時点のMP残量は4万8160でございます』

「うん。ありがとうございます、エア」

僕とエアの会話を聞いていたエルさんと、リーヤは「すげえ、魔力量……」と僕の魔力量やエアの計算の早さに驚いています。ミック君、サーシャさんは首を傾げてましたね。うん、ジュース飲んでいてくださいね。

それぞれが注文した物を口にしていると、僕の考えている事に気づいたエアが提案をしてきます。

『オーナー。本日館内設備を追加するのであれば、オープンラウンジMP3万5000を提案させて頂きます。またシューズボックスMP900を2つご用意して頂けたら、館内掃除のMPの節約とお客様の快適さの向上に繋がるかと愚考致しますが、いかがでしょうか？』

流石エア。入館だけの人達の休憩所を優先してきましたか。それは僕も同じ考えだったので納得です。それに自販機も欲しいんですよね。

「トシヤ兄！　もしかして設備増やすの？」

エルさんがワクワクした顔で僕に聞いてきます。

「昨日居なかったミック君とサーシャさんにも特別感をあげたいですからね。ミック君、サーシャさん。今から部屋が増えますよ。今ここに居ないご家族より先にお見せしますからね」

「やったぁ！　メイお姉ちゃんとフランお姉ちゃんに今度は私が教えてあげるんだね！」

「僕はお父さんとお母さんとライ、リルに伝えるよ！」

前回見れなかった2人は嬉しそうですね。いやぁ良い反応です。

「お！　ラッキー！　良い時に俺居たもんだ」

「私も初めて見るから嬉しい！」

リーヤとエルさんまで喜んでいます。まあ、娯楽みたいな感じなんでしょうね。これ。

「では、エア。オープンラウンジ、シューズボックス2つの設置をお願いします」

『畏まりました』

エアの返事の後光出した室内。光が収まると喫茶店内に4人の歓声が響きます。それはそうでしょう。喫茶店の左側の壁がガラス張りに変わり、喫茶店から休憩所が見えるようになったのです。

「なぁ、見に行こうぜ！」

リーヤが珍しく子供っぽく興奮しています。

「行きたい！」

「私も行く！」

同じようにはしゃぐミック君にサーシャさん。エルさんは僕の顔を心配そうに見ています。看破スキルで僕の状態見えたんでしょう。大丈夫ですよ、エルさん。そう伝えようとした時「ピンポンパンポーン」と館内に電子音が響きます。

『館内にいるお客様にご連絡致します。新たな設備が設置されました。休憩所は、入館のみのお客様も無料でご利用頂ける施設です。また付随した設備、男女別トイレも設置致しました。こちらも館内で御用の際お気軽にご利用下さいませ。

また現在来館中のお客様にお願い致します。シューズボックス設置の為、館内は土足厳禁とさせて頂きます。御足労おかけ致しますが、正面フロント横シューズボックスにて館内靴に履き替えをお願い致します。

何かご質問ございましたら、ホテルフロントまでお越し下さいませ。本日も亜空間グランデホテルをご利用ありがとうございます』

グランの声でアナウンスが入り、話し終わりに「ピンポンパンポーン」とまた電子音が鳴り響きます。何か懐かしい音ですね。

「皆さん、まずは靴交換に行きませんか？」

「そうだな。グランさんがお願いしてきた事だし」

「靴替えるの？」

「なんで？」

「掃除が楽になる為だって。さ、行こ」

僕の提案にも協力的な皆さん。考えが柔軟ですねぇ。そういう事で、シューズボックスの確認から行きますか。

正面入り口まで行くと、今までなかった段差があり、入り口から向かって右側に6足入りシューズボックスが2つ連結されて設置されていました。扉を開けると、ヒール部分がフラットなルームシューズが入ってます。

皆さん現在履いているのはブーツタイプですけど、余裕で入る大きさになっています。設置物はこの世界に対応してるんですね。

グランから「右端3つは子供用ルームシューズをご用意しています」と案内されたミック君やサーシャさん。

「僕たちの大きさだ！」

「すっごいふわふわ」

早速履き心地に満足してくれているみたいですね。

「良いなこれ。足が気持ちいい」

「うわぁ、面白いね」

リーヤとエルさんも高評価でホッとします。僕も室内ばきに履き替えます。つま先が見えないタイプでお風呂上がりも足が冷えませんね。これは良いものを出しましたと思っていたら、既に履き替えたみんなは休憩所の方へ移動しています。

僕も遅れて見に行きます。休憩所は広めに取られていて、一人用リクライニングチェアが前後に5台ずつ横に並び、椅子と椅子の間にテーブルが設置されています。

奥には男性用、女性用トイレ。共に個室が3つあるちょっと大きめサイズです。

「うわぁ！　これ背中倒れるよ！」

「フッカフカだね」

と既に使い方を理解しているミック君と座り心地に満足気なサーシャさん。

「トイレも広くなってるな」

「女子トイレって良いね！　綺麗な洗い場もあるし！」

チェックの早いリーヤとエルさん。そうか、この世界、元々男女別って考えがないのですね。みんなが喜んで見ているのを見てホッとしながらも、僕は自販機もエアに頼みます。エアが「畏まりました」と言った後、トイレ入り口横に現れたジュース・コーヒー専用自販機、お菓子専用自販機。

「うおっ！　いきなり出てきたこれなんだ？」

「箱の中に何か入っているよ」

「ボタンある」

「キラキラしてるね」

みんなが騒がしく集まってきました。サーシャさんがキラキラしているというのは電気がついて明るいからでしょう。

お！　ジュースの種類増えてます。缶コーヒーも種類あっていいですね。コーヒー牛乳も入ってますよ！　これは嬉しい。そしてもう1台は、ああ！　ポテチがあります！　板チョコレートにクッキー、フルーツキャンディ、袋菓子詰め合わせもあります。種類があって楽しいです。

と楽しんでいたのは僕一人。他のみんなはこれが何かわからず不思議そうです。試しにポテチ100ディア、クッキー100ディア、板チョコ100ディア、コーラ100ディア×3、リンゴジュース100ディア×2を買って試食会を開きましょう。

「みんな食べてみて下さい」

1つのテーブルの上に置き、食べやすいようにセッティングしてジュースを配ります。リーヤは既に勘が働いているのか「これ美味そう……」と呟いています。

僕がポテチをパリパリ食べ始めると、みんなも食べ始めます。

「『美味しい！』」と口を揃えていうのはミック君とサーシャさん。エルさんはチョコレートに挑戦して「甘～い」と笑顔になっています。リーヤは黙々と色々食べながらブツブツ呟いていますから、研究モードにスイッチが入ったんでしょう。

「みんな、この自販機っていう箱から出てきた食べ物は、持ち帰れますからね。宿で頑張っているみんなのお土産に、買っていっても大丈夫ですよ」

僕の説明に飛びついたのはミック君とサーシャさん。

「みんなにお土産！」

「ライやリル食べても大丈夫だよね」

と反応し、リーヤにお願いに行っています。リーヤもエルさんも持って帰る気満々で、４人で自販機の前を陣取り楽しそうに選んでいます。

良いですねぇ、家族思いの姿を見るのは。微笑ましい。設置した僕も満足です。でも今日はこれ以上は無理ですね。夜は木陰の宿に食べにいきましょう。

それにもう１つ気になっているのが、亜空間グランデホテル設定の……

【名称】亜空間グランデホテル
【設定バージョン１】カプセルホテル　Aタイプ
【バージョンアップ】０／１００（魔石数）↑コ、い、レです！
【限定オプション店】喫茶店　設置済み
【館内管理機能】１日消費MP１２００

カプセルホテルもいいのですが、バージョンアップも試してみたいのです。何せ高級路線で行くわけですから。

自販機でワイワイしているみんなに聞いてみましょうか。魔石の入手方法。

あ、エルさんコーラ飲んで驚いてる……。

最初は驚いても病みつきになりますよ。

しばらくして、両手いっぱいにお菓子やジュースを持ったリーヤが「仕事の時間だから先戻ってるわ」とホクホク顔で戻って行ったあと、エルさんも「あ！　私も行かなきゃ、フラン姉に怒られる！」と急いで戻っていきます。

残されたのは僕とミック君とサーシャさん。魔石の事聞けなかったですねぇ。２人は知っているでしょうか？

「ミック君、サーシャさんは時間大丈夫ですか？」

「僕はそんなに仕事ないから」

「今日は私もないの」

２人共ちょっと寂しそうですね。手伝いたいのに手伝えないってところでしょうか。でも僕にとっては丁度いいですね。

「では僕の用事に付き合ってくれませんか？」

「うん！」

「いいよ！」

２人共元気に頷いてくれました。良かった良かった。

「２人は魔石ってどこで手に入るかわかりますか？」

「魔石？　どのくらい？」

ミック君が反応してくれました。お、わかるんでしょうか。でも量は結構必要なんですよね。追加機能も欲しいですからねぇ。

「ええと、かなりいっぱい欲しい時はどうすればいいのでしょう？」

「冒険者ギルドがいいんじゃない？」

「依頼出すといいんだよね」

2人が顔を見合わせて答えてくれます。お手伝いした事があったんでしょうね。

それにしても、定番の冒険者ギルドが来ましたか。ここは1つ確認の為、散歩がてら冒険者ギルドに行ってみましょうか。

「ありがとうございます。じゃ、冒険者ギルドに行ってみたいのですが、2人共教えてくれますか？」

「いいよ！　やり方教えてあげる！」

「私も行った事あるから教えてあげる！」

2人に元気よく了承を貰い、エアを持って出かける事に。正面玄関に行き靴を履き替え、グランの『行ってらっしゃいませ』と言う言葉で一旦ホテルを後にします。

宿に戻ると、2人に家族から冒険者ギルドに行く事の許可をもらってくるようお願いします。ダッシュで食堂に向かい、行ったなぁと思ったらすぐにダッシュで戻ってくる2人。

「良いって！」

「ちゃんと言ったから大丈夫」

戻ってくるなり僕の手を取って「早く早く」と引っ張ります。

小さな弟妹がいたらこんな感じなんでしょう。僕は道中2人が色々街の様子を教えてくれるのに相槌を打ちながら歩いていきます。楽しく会話しながら歩いて来たので、あっという間に冒険者ギルド前に到着した僕達。

初めて見る冒険者ギルドは、大きな扉が開け放たれていて、中の様子が外からも窺えます。右側に依頼書が張り出され、正面が窓口、左側には食堂があります。人の少ない時間なんですね。パラパラとしか、冒険者らしい人達がいなかったので絡まれるテンプレは起こらなそうです。良かったぁ。

「こっちこっち」と2人は慣れたように窓口に僕を連れていきます。どうやら家の魔導具で必要な魔石を良く買いに来ているみたいです。

魔導具あるんですねぇ。僕のホテルにある備品も魔導具に当たるのでしょうか、と呑気に考えながらついて行くと、2人が窓口のお姉さんに挨拶をしています。

窓口のお姉さんは同じ獣人さんなんでしょう。整った顔は最早驚きません。優しそうな方ですね。

「あら？　ミック君、サーシャさん今日もお使い？　偉いわねぇ」

「今日は違うの。トシヤ兄ちゃんが用があるんだって」

ミック君が僕の事を伝えてくれます。

「こんにちは。こちらで魔石が手に入ると聞いたもので依頼に来たのですが」

「はい、畏まりました。魔石のご依頼ですね。どのランクの魔石がご入り用でしょうか？」

「すみません。初めて買うもので説明して頂けますか？」

嫌な顔一つせずに丁寧に僕に説明してくれるヘレナさん。ヘレナさんによると、一般的なゴブリン、スライムの魔石がＤランク、10個単位で１５００ディアから。ランクが上がるたびに金額も上がるそうですが、試しにＤランクを１０００個買ってみます。

「はい。大量にお買い上げありがとうございます。では準備して参りますので、お待ち下さい」

アレ？　依頼出さなくても買えましたよ？

「今日はいっぱいあったんだね」

「いつもなら依頼書出すのにね」

ミック君もサーシャさんも不思議そう。結構すぐに戻って来たヘレナさんいわく、最近大討伐があったばかりで在庫が潤沢にあったらしいです。

「でも１０００個お渡しできるのは今回のみとさせて頂きます。街の人達との兼ね合いもありますので」

申し訳ない表情をしながら言うヘレナさん。それは仕方ないですね。支払いは商業ギルドカードでの支払い可能という事で簡単だったのですが、残金が乏しくなってきました。

大袋に入った魔石はエアにトランクルームに入れて貰い、今後もっと欲しい場合はどうすればいいか聞いてみます。

「冒険者と専属契約はいかがでしょう？　そちらの斡旋《あっせん》も出来ますがいかがなさいますか？」

良い提案を頂いたのですが、だれでも良いわけでもないですし……。

「う～ん、ちょっと回答は持ち帰らせて貰います」

「畏まりました。ではまたのご利用お待ちしております」

ヘレナさんと笑顔でやり取りの後、窓口を離れます。ミック君、サーシャさんはヘレナさんに手を振っています。子供に好かれる人は良い人なんですよね。僕も覚えました。

目的のものは手に入りましたし。まずはゼンさん達との話し合いの後でも大丈夫でしょう。そう思って安心していたら、ドンッと肩がぶつかってしまいました。

「うわっ」

同時にぶつかった筈なのに吹き飛ばされたのは僕だけ。ぶつかった大きな冒険者の男はびくともしていません。

「トシヤ兄ちゃん！」

「大丈夫？」

ミック君とサーシャさんが心配して駆け寄ってくれます。小さな子達に心配はかけられません。すぐに立って「大丈夫ですよ」と２人の頭を撫でながら、ぶつかってしまった人にも声をかけます。

「大変申し訳ありませんでした。そちらは大丈夫ですか？」

相手を見上げると、大きな強面《こわもて》の冒険者らしき男性でした。は、迫力がありますね。思わず及び腰になっているところに、

「あー！　ガレムまたぶつかっただろう！」

大男さんに関わりのあるらしい冒険者の男性が後ろから走って来ます。

「ごめん、ごめん！　ウチのガレムが迷惑かけて」

人懐っこい笑顔をこちらに向けて、逆に謝って来ます。

「……別に迷惑はかけてないぞ」

「人にぶつかって弾き飛ばしたのは何回目だ？　ガレム」

「知らん」

「お前なぁ」

大男のガレムという男と軽口を叩ける青年は仲間なんでしょうか。こちらの存在を無視してコントみたいなやり取りをしている２人、今度はその２人の頭を後ろからバシバシ叩く豪快な冒険者の女性が現れます。

「まぁったく！　ケガが治ったと思えばコレか！　済まない、兄さん。コイツ言葉が足りなくてってアレ？　木陰の宿のミック？」

「あー、レイナさんだぁ！　お帰りなさい！」

「レイナお姉さん？　いつ帰って来たの？」

なんと豪快な冒険者の女性とミック君、サーシャさんは知り合いみたいです。２人とも女性に駆け寄っていきます。

「なんだ。サーシャもいるのか。今日はお使いなのか？」

「ううん。トシヤ兄ちゃんを案内してたんだ」

「魔石買いに来たんだよ」

「そうか。良く案内してあげたな」

レイナお姉さんと呼ばれている女性は2人の頭を優しく撫でてあげています。2人ともかなり気を許しているみたいですね。僕も挨拶しましょう。

「2人のお知り合いでしたか。失礼しました。僕はトシヤと申しまして、今木陰の宿にお世話になっている者です。もしかして皆さんはパーティメンバーですか？」

「ああ、ガレムの馬鹿にぶつかられたのはあんたか？　悪かった。どうも普段はボーッとしてる事が多いヤツで、しょっちゅうこんな事してんだ。悪いヤツじゃないんだがな。遅ればせながら、チームクライムのレイナだ。あそこでコントしてるのがガレムとザック。もう1人、今買い物に行ってるティアってヤツと4人パーティ組んでる。一応Aランクだ」

そう言って僕に手を差し出して来たので、僕も「宜しくお願いします」と握手をします。

「凄いですね。Aランクパーティとは。どうりで全く動かないわけです」

「あいつが頑丈なだけさ。私らも木陰の宿に後で行くからさ、また宿で会ったら声でもかけてくれ。ほら、ガレムにザック、とっとと依頼完了済ませるぞ」

レイナさんはまだ言い合っている2人を掴んで、さっさと窓口へ向かっていきます。

いやぁ、かっこいい女性って感じでしたね。でも僕ガレムさんに会ったらもう一度謝った方がいいですね。うやむやになった感じでしたし。

「トシヤ兄ちゃん、レイナさん達で良かったね」

「レイナさん、ウチのお宿に来るたびに良く構ってくれるんだよ」

笑顔で僕の手を掴んで来る2人にもお礼を伝えて、ようやくギルドを出てゆっくり宿へと戻る僕たち。

これは帰ったら2人をお風呂に入れて、喫茶店でデザートをご馳走しないといけませんね。


ところ変わって、チャポーン……と水滴が落ちる音が響く大浴場。

僕はミック君と一緒にお風呂に入っています。え？　サーシャさんはって？　仕事から抜け出したエルさんと一緒に喫茶店でパフェ食べながら待っています。ライ君とリルちゃんも一緒に。

そう、いつの間にか人数が増えている理由は……。

帰って来た僕らが宿の入り口を開けると、子供の泣き声が響いていたんですよねぇ。

「え？　ライとリル？」

「どうしたの？」

流石ミック君とサーシャさん。すぐ泣き声のする方向へ走っていきます。すると、どうやら食堂で大泣き中のライ君とリルちゃん。ミック君もサーシャさんも必死で慰めていますが、全く泣き止みません。他の家族も困り顔です。

状況がわからない僕に、エルさんがこそっと教えてくれたんですが、どうやら僕が原因みたいです。え？　なぜ？

理由を聞くと、今日も僕のところに遊びに行く予定だったのに、みんなが昨日ホテルに入れなかったミック君とサーシャさんを優先させた事と、気がついたら僕らが出かけていた事がわかり泣いていたみたいですねぇ。

仲間はずれにされたと思ったんでしょうね。おやおや、と思っていると、真っ赤になった目で僕を見つけてしゃくり上げながらヨタヨタ歩いて来る2人。

膝をついて待っていると、ライ君とリルちゃんがポスッと僕に抱きつき、ぎゅうっと摑んで離してくれません。置いていかれるもんかって思っているんでしょうか。

なんて可愛いんでしょう！

……ハッ！　ですから幼児愛好者ではありませんよ、僕はちゃんとお兄さんとして2人をしっかり慰めましたとも！

まぁ、後でエルさんに「トシヤ兄変な顔してた」って言われてショックだったのは置いておきましょう。

ともかくようやく静かになった2人に、ゼンさん達大人組もホッとした様子。流れで僕が預かる事を伝えたら、ゼンさんに満面の笑みで「頼むよ」と言われました。ああ（察し）、おつかれ様です。

その後ライ君、リルちゃんと手を繋ぎ、エアはサーシャさんが持っててくれました。亜空間ホテルへ戻って来たら、ちゃっかり抜け出して来たエルさんもいたという訳です。

で、まだグズっているライ君、リルちゃんを見ながら「サーシャと2人で見てるから、ミックと一緒に先にお風呂入ってきなよ」と言ってくれたエルさんのおかげで、僕らはお風呂にゆったり浸かる事が出来ています。

因みに、ミック君とサーシャさんは初来館キャンペーンで今日は無料ですが、エルさんとライ君、リルちゃんは今日からは有料。グランのところで既に払い済みだそうです。24回券で。お買い上げありがとうございます。

これはみんなお風呂の沼に足を突っ込みましたかね、と考えていたらミック君から呼ばれました。

「トシヤ兄ちゃん。僕、ここで働けないかなぁ」

ミック君は言った後に口までお湯に浸かり、不安そうに僕を見てます。僕としてはいいのですが……。

「どうしてそう思ったんですか？」

「僕ね、お父さんやリーヤ兄ちゃんみたいになりたいんだ。でもね、まだ僕やれる事少ないし、教えてもらう暇はないし。でもここにいたらキイさんいるでしょう。教えて貰いながら働けるんじゃないかって思ったんだ」

これは、お父さんお兄さんの仕事に憧れている少年ではないですか！　なんて純粋な！　って感動している場合じゃありません。

「ただ、僕の一存では決められませんね。ここは今日ゼンさん達から許可が出たら考えましょうか」

「やっぱりダメかなぁ」

「ミック君のその思いは立派です。応援しますよ。でもこの喫茶店では料理は既に出来た状態で出て来るだけですよ。それでも良いのですか？」

「うん。お兄ちゃんにお父さん良く言ってるよ。盛り付けも良く見ておけって。だから勉強になると思ったんだけど……」

　これは本当によく見て考えたんですね。

「グラン、聞いていますか？」

『はい、オーナー。自分の管轄では聞こえています』

　お風呂場にいきなりグランの声が響いて驚くミック君。グランの事だから、お風呂にいても話せるだろうと思ったらその通りでした。

「スタッフ登録に年齢は関係ありますか？」

『いえ、自分で考え動けるのであれば可能です』

「スタッフ登録した後のスタッフへの福利厚生を教えて下さい」

『畏まりました。まず私かキイのどちらに登録しても条件は一緒でございます。ホテルでの宿泊、大浴場の入浴が無料、３食賄い付き。勤務時間は要相談となり、ミック様の場合、成人までは臨時スタッフとして扱い、給料は月払いで金貨２枚の予定です。勤務日数は週休２日制を予定しております』

「ありがとうございます。わかりました」

『また何かあればお呼び下さいませ』

結構良いですね。これならゼンさんも納得してくれる可能性があります。黙って考える僕の横で不安そうに僕を見ているミック君。

「ミック君。今日の夜ゼンさんとお話があるのですが、その時話してみませんか？　ゼンさんから許可が出たら是非お願いしたいです」

「本当!!　やったぁ！　僕頑張って起きてるよ！」

浴槽から飛び上がって喜ぶミック君。頑張ってお父さんを納得させて下さいね。それにしても、お風呂場での相談が多いですね。裸の付き合いは気持ちを打ち明けやすいのでしょうか。面白いです。


さて、そろそろ長湯になってきたので、嬉しそうなミック君を連れて浴槽を出ましょうか。

2人で脱衣場に向かい、きちんと身体を拭いて髪を乾かし、喫茶店へ向かいます。ミック君は嬉しいのでしょう。スキップしながら喫茶店に入って行きました。

ただ、入ったら「「遅い！」」の言葉で迎えられましたけど。おや？　ライ君、リルちゃん待ち疲れて舟漕いでいますね。まぁ、アレだけ力いっぱい泣けばそうでしょうね。

休憩所のリクライニングチェアに寝かせて来ましょう。毛布はオーナールームから2枚持って来ましょうか。

エルさんがリルちゃん、僕がライ君を抱き上げて、リクライニングチェアを寝かせた状態にし、2人を置きます。もう2人はぐっすり眠っています。オーナールームに行き毛布を取って2人にかけてあげました。

その後、エルさんとサーシャさんをお風呂に送り出して、僕は自販機からコーヒー牛乳を、ミック君にはりんごジュースを渡します。お風呂上がりは腰に手を当ててぐいっと飲むんですよ、と教えたら本当にそのままやるミック君。素直です。

その後はグランにライ君、リルちゃんが起きそうになったら教えてもらう事にして、喫茶店でミック君の好きなものを頼んで貰います。意外にもミック君はバニラアイスクリームだけで良いみたいです。

「お父さんの夕ご飯食べれなくなるから」なんですって。なんて微笑ましい。当然僕の奢りにしましたよ。

ミック君が食べている間、僕はちょっと気になる事をやってしまおうと思っていました。

「ミック君が食べている間、エアと作業していて良いですか？」

「いいよ。何するの？」

「買って来た魔石を使ってバージョンアップをやろうと思いまして」

「ばあじょんあっぷ？」

「多分見ているとわかりますよ。エア、亜空間グランデホテル設定のバージョンアップをやってみてもらえますか？」

『畏まりました。トランクルーム内にある魔石を１００個使用致しまして、バージョンアップをさせて頂きます』

エアが言い終わると、どこかのゲームのランクアップ音と同じ電子音がなります。コレ、エア遊んでませんか？

『亜空間グランデホテル設定がバージョンアップされました。情報を開示します。画面をご覧下さい』

【名称】亜空間グランデホテル
【設定バージョン１】１・カプセルホテル　Ａタイプ
　２・カプセルホテル　Ｂタイプ　ＮＥＷ！
【バージョンアップ】０／１０００（魔石数）
　（ビジネスホテル　Ａタイプ）
【限定オプション店】喫茶店
　（漫画喫茶〈喫茶店に併設〉ＭＰ４万５０００）ＮＥＷ！
【館内管理機能】１日消費ＭＰ１２００
《追加オプション》
【館内設備】
・スタッフルーム　ＭＰ２万　ＮＥＷ！
・客室用カプセルルームＢタイプ　ＭＰ２万　ＮＥＷ！

【取り扱い商品】（外界に持ち出し可能）
・石鹸（10個セット）　　ＭＰ１００　ＮＥＷ！
・シャンプー、トリートメントセット（各種３本ずつ）ＭＰ１２０　ＮＥＷ！

「うわあ!!　これは凄い！」

「トシヤ兄ちゃんどうしたの!?」

あ、つい驚いておっきな声出してしまいました。ミック君、驚いています。

「あのですね、今はできませんが、また設備が豪華になる事がわかったんですよ。ミック君が楽しめる施設も作れるかも知れません」

「ええ!?　また増えるの？　凄いや！」

ミック君が素直に感動してくれます。ですが、設置すると、コレは夢中になるものですよ！

色々追加設備言及していきたいですが、僕、漫画喫茶優先したいです！

あ、でも女子の皆さんの視線が怖いですねぇ。

説得できないでしょうか。

ともかく話し合いすべき案件が増えましたね。


さて、話し合いの日の夜。最後に仕事を終えたゼンさんが喫茶店を開けて入って来ました。現在夜にもかかわらず喫茶店は、ほぼ満席状態。カウンター内には張り切って立っているミック君。カウンター席には、ぐっすり眠ったライ君、リルちゃん、仮眠をとったサーシャさんに、エルさん。

2つのうち1つのテーブル席には、奥様のカルナさん、長女メイさん、次女フランさん。もう片方のテーブル席に僕とリーヤ。ゼンさんは僕らのテーブル席につく事にしたようです。

「父さん遅いわよ。お風呂入るの遅くなるじゃない！」

「メイ姉仕方ないよ。また遅くなる事確実だもん」

「エルちゃんの言うとおりねぇ。だって新しい施設が出来ているし、食べ物の出る箱も確認したいし」

「お母さん！　自販機だよ！」

「ええ？　ミック自動販売機でしょ？」

「サーシャだってさっき教えて貰ってたじゃん！」

いやはや、賑やか賑やかです。

「おとうしゃん、おつかれしゃま」

と気遣うライ君、リルちゃんにも癒されますし。

「何か頼むか？」

親思いのリーヤに、黙々とパフェを食べているフランさんはマイペースですし。性格が出ていて面白いですねぇ。

「おお、ライ、リルありがとうなぁ。リーヤ、食べるのは後だ。まずは飲み物を頼んでくれ。済まない、トシヤ君。こんなに大勢で来てしまって」

「いいえ、構いませんよ。楽しいですし」

そう言っている間に、リーヤがミック君にコーヒー頼んだみたいですね。ミック君張り切って
「畏まりました！」ですって。なんかニヤニヤしてしまいます。ゼンさんは黙ってその様子を見て
います。

「お待たせしました」

お盆にコーヒーを載せて持って来たミック君。

キイに言われた通り「お好みでお砂糖やミルクもお使い下さい」とお辞儀して戻っていきます。

ミック君、エルさんやサーシャさんから拍手と共に賛辞を貰っていますよ。

「……トシヤ君、何やら俺の知らないところでミックが成長しているんだが」

「ミック君頑張ったでしょう。この事も後でお話ししますが、まずはゼンさんご家族全員の答えを
聞いてから、お話ししたいと思います」

僕とゼンさんが話し始めると、ガヤガヤしていたみんながピタッと静かになります。苦笑して話
し始めるゼンさん。

「もう答えは言ってるようなものだがな。だが、改めてこちらからもお願いしよう。木陰の宿全体
でトシヤ君、君と協力体制を組ませて欲しい」

ゼンさんの後になんと全員から宜しくコールです。これは嬉しい！

「こちらこそお願いします」

と言う僕の声の後にグラン、キイ、エアからも改めて挨拶の声が聞こえます。

みんなで顔を見合わせて、なんかかしこまったのがおかしくて一斉に笑い出します。嬉しいなぁ、みんな僕らを受け入れてくれました。異世界に来て、ここの宿に来てよかったなぁと、思った瞬間です。

そこからはキイやグラン、エアも交えて改めてこの亜空間グランデホテルの詳細をみんなに伝えていきます。現在の設備、これからの設備、スタッフ登録のことも。

「お父さん。僕からお願いがあります。僕はキイさんのスタッフになって、キイさんからいっぱい学びたい。だからスタッフにならせて下さい」

丁度その話になった時にミック君が話し始めます。

「お父さん、私はグランさんからお客様の対応の仕方を学びたい。私もスタッフにならせて下さい」

こちらはサーシャさん。実はお風呂から上がった後、ミック君の話を聞いてサーシャさんも考えていた事を話してくれたんです。しかもミック君と同じ喫茶店ではなく、店を総合して見る人になりたいんですって。コレは僕もびっくりでした。

異世界の七歳児はしっかりと考えているんですね。これにはゼンさんも驚いたみたいですが、ある程度予想はしていたらしいです。

「多分誰かトシヤ君の宿に行くだろうと思っていたが、まさかミックとサーシャだとはな……。リーヤ、メイ、フラン、エル。お前達こそいいのか？　こんなチャンスないぞ。コレから絶対大きくなるホテルで働くなんて」

成人組とエルさんに確認をとるゼンさん。顔にはしっかり行って欲しくなさそうな表情が出てるのに、あえて意見を聞くとは子供思いですね。

「父さん、跡取りに向かって何言ってんだよ。行くわけないだろ。俺は木陰の宿を盛り上げていきたいんだ」

呆れた口調でゼンさんに言うのはリーヤ。

「私、結婚したとしても辞めるつもりはないわよ」

「え？　メイ姉さん、予定あるの？」

「喩《たと》えよ！　喩え！　言わせないでよ。フランこそどうなのよ」

「え？　私木陰の宿のスタッフですけど？　これから先も」

コントみたいな返事をするのはメイさんとフランさん。

「お父さん、私が防波堤になってないと、木陰の宿も大変になるのよ。それにここで目を光らせておけば、トシヤ兄の助けにもなるし、一石二鳥でしょう？」

流石看破スキル持ちのエルさん。木陰の宿と僕のホテル、両方守るつもりです。

子供達の思いを聞いて感極まったゼンさん。

「す、すまない……ちょっとまっててくれ……」

涙声になって天井を見上げています。そんなゼンさんを優しく後ろから抱きしめるカルナさん。

夫婦仲が良いんですよねぇ。

あったかい雰囲気になってしばらく見守っていると、落ち着いたゼンさんがミック君、サーシャさんの方に向き直ります。

「ミック、サーシャ。キイさんとグランさんからしっかり学びなさい。トシヤ君、２人を宜しく頼みます」

２人を見てから僕に頭を下げるゼンさん。

「「やったぁ!!」」

抱き合って喜ぶミック君とサーシャさん。

僕はと言うと、いや、僕の方が頭を下げないといけないのに、とあわあわしてしまい『お任せ下さいませ』と良いところをグランとキイに先に言われてしまいました。いや、君たち僕に言わせて下さいよ。

そんな一幕がありましたが、その後はスムーズに話し合いが進みます。

まずは僕の今借りている部屋を、１階のゼンさん達の住居の一室に移すこと。コレから出入りが激しくなるでしょうからねぇ。今更ですが、木陰の宿は１階に食堂と調理場、トイレとゼンさん家族が休む部屋が３つあるそうです。

そのうちの１つを完全に空けるから、気兼ねなく常時、亜空間グランデホテルへ行けるようにして欲しいと言われ、僕は何にも問題ないので即座に頷きます。

そしてミック君、サーシャさんは、スタッフルームができ次第そちらへ移動が決まりました。

ゼンさん人が好すぎて、部屋代要らないって言うんですよ。いやいや、それは駄目でしょう。と、反論しパスポート申請機設置後ゼンさん家族全員に対して、入浴年間無料パスポート進呈ということでなんとか折り合いがつきました。コレには女性陣、大喜びでしたね。

そして面白い友人関係が判明。

「え？　ゼンさん商業ギルド長と知り合いなんですか？」

「腐れ親友とでも言うのかな。あいつ商売に関しては憎たらしい時もあるが、腕はいいし根は真っ当だ。今後のトシヤ君の展開に関わらせても良いと俺は考えている」

うわぁ、世間は狭いです。まずは商業ギルド長へのラインは繋がりましたね。

「トシヤ兄。確か冒険者ギルドにも話もちかけるんだよね。だったら今日から泊まっているクライムも巻き込んでみたら？　あのチームなら私推すよ」

とエルさんからの提案。そうか、ランクAのパーティはギルド長にも顔が利きますからね。

この2つの提案に関しては、全員からおススメを受けましたから是非とも機会を作ろうと思います。でも設備を整えてからプレゼンテーションしたいですね。

しばらくは設備の増強をメインにしていきたい旨をみんなに伝えます。

そして次の増強設備はと言うと……女性陣に存在する事がバレていたんですよ。

何の施設か話す前に、ライ君、リルちゃんは流石に限界を迎えたようですから、宿の部屋に戻って貰いましょう。ミック君とサーシャさんは、そろそろ目を擦りあくびをするのが多くなっていますが、粘ってますねぇ。ゼンさんとリーヤはキイと絶賛料理談義中。あの2人元気です……。

そして現在僕は両手に花？　いいえ、四方に花でしょうか。女性陣に囲まれています。これもまぁ、僕の発言故なんですよねぇ……。

「あ、もうすぐ日が変わりますから僕は寝ますね。そうそう、明日は皆さん期待の設備を設置しますよ。楽しみにしてて下さいね」

まぁ、もう少しで日が変わる時に、この言葉を吐く僕が迂闊なんです。なんの設備かは言ってないのに、それだけで察する女性達の期待度が高い事が本当にわかりました。

「明日ってもうすぐよ？」

「え？　ＭＰ回復するのは次の日？　って事は後数分じゃない？」

「そうねぇ、これは今見ておかないと明日仕事にならないわ～」

「トシヤ兄～！　お願い！」

と女性陣にお願いコールをされたわけですよ。慣れたとはいえ、全員美人ｏｒ可愛い女性達ですよ。そんな人達に囲まれお願いされて断われる男がいますか？　ここで出来る事をやってあげるのが、漢《おとこ》ってものでしょう。

まあ、僕も見たいですしね。……そろそろ良いでしょうか？　かなり身体軽いですし。

「エア、僕の魔力量回復していますか？」

『確認致します。現在オーナーの魔力量は完全回復し、そこから館内管理機能を差し引いても十分でございます。では予定通り、大浴場、脱衣場女性専用＊アメニティ有　ＭＰ４万５０００を設置致しますが宜しいですか？』

大浴場・脱衣場女性専用という言葉がエアから発せられると、「きゃあ！」という女性陣の嬉しそうな歓声が聞こえて来ました。やっぱり専用って良いものですからねぇ。

『オーナー、設置完了致しました。大浴場・脱衣場女性専用も管理の為、毎日MP550消費させて頂いても宜しいでしょうか？』

「勿論です。ホテル管理の為には惜しみません」

僕とエアとのやりとりの間もソワソワしている女性達。では、いきましょうか。男性風呂よりMPが高い女性専用を確認するために。

「さて、皆様。お待たせ致しました。では当館の女性専用大浴場へとご案内致します」

僕も頑張ってエスコートしようとしたのですが、左右の腕をメイさん、フランさんに掴まれ、背中はエルさんに押される形で喫茶店を出る羽目に。カルナさんは微笑みながらついてきます。その姿を憐れみの目で見送るゼンさんとリーヤの姿は僕から見えませんでしたが、すぐに気持ちがわかりました。

男湯の隣にできた赤い暖簾がかかった女湯。暖簾をくぐると女性陣の黄色い歓声が上がります。

脱衣場があるのは同じですが、大きな違いは洗面所が独立しているんです。全体的に木の香りが心地よく清潔感のある内装で、部屋の真ん中に脱衣カゴがあるのは男性用と同じですけれど。

違いは洗面台の数です。左の脱衣場にも3人同時に使えるドライヤー付き洗面台があるのに、右奥にはコの字型に7つも洗面台が配置されているじゃないですか！　あれパウダールームっていう部屋らしいです。

このパウダールーム、アメニティや設備がすごい。一般的な歯ブラシやクシやカミソリは勿論、ティッシュやコットン、さらには化粧水や乳液等の基礎化粧品でしょうか。それに何種類ものヘアアイロンとここにもドライヤーがあります。

これは……女性がなかなか出てこない理由を垣間見た感じですね。

「これどうやって使うの？」

「この魔導具っぽいのは？」

周りから怒濤の質問タイムがやってきましたが、僕にも何が何やら。助けて下さい！　エア先生！

『オーナーに代わりまして私エアが説明をさせて頂きます。まずは皆様、洗面台の下にある椅子にお一人ずつお座り下さい』

エアの指示にパッと従う女性の皆さん。行動が早い……。

『こちらでは皆様の綺麗な肌をより整え、更には艶やかな髪を様々な髪型に変化させて、より美しくなる事が出来る設備が整っております。まずは大事な肌のお手入れから……』

エアの言葉を聞き逃すまいと真剣な表情の女性達。これは邪魔してはいけません。エアを残して（犠牲にして）僕は大浴場の方も確認します。

大浴場はほぼ男性風呂と同じ作りですね。違いは全体の色合いが女性らしいクリーム色になっているくらいでしょうか。これなら説明はいりませんね。

安心して僕は女性風呂を後にし、喫茶店に戻ります。

喫茶店に戻るとまだキイと話している２人。その２人の膝には、ミック君とサーシャさんが乗っています。どうやら寝てしまったらしいですね。

寝ている2人を抱きながらも白熱している料理談義。ここも僕がいなくとも大丈夫でしょう。

いやぁ、やっと寝れます。僕はオーナールームを開けるとすぐに着替え、ベッドに倒れ込むようにして眠りにつきます。

異世界3日目の夜は長すぎました。ふう。


おはようございます！　いやあ、ぐっすり眠れました！　不思議な事にいつもより布団が寝心地良かったんですよ。

あれ？　エアは何処でしょう？

というより、いつの間にオーナールーム変わったんですか？

二段カプセルベッドがなくなり、大きなベッドにサイドチェアとサイドチェストのある部屋に変わっています。普通の部屋よりは狭めですけど……エアに聞きに行きましょうか。

着替えて顔を洗いオーナールームから出ると、グランが誰かと話しています。珍しい。

『では、朝までお嬢様方のお相手をしていたわけですね。我々は大丈夫ですが、お嬢様方はお疲れではないでしょうか？』

『いえ、これも情報共有しておくべきだと思いましたが、どうやらこの世界の女性は体力気力共にかなりパワフルだと思われます。ですが、繊細な女性ではありますから言葉の選択は常に上品な設定でいくべきでしょう』

　グランが誰と話しているかと思えば、フロントに置かれているエアじゃないですか。君たち念話も可能でしょうに。

『『オーナー、おはようございます』』

　僕がいる事を察し、グランとエア揃って挨拶をしてくれます。

「おはようございます、グラン、エア。エア、夜から明け方にかけてご苦労様でした。皆さん何時に帰られましたか？」

『ご報告致します。1の刻より前、地球時間で言うと午前1時過ぎにゼン様、リーヤ様、ミック様、サーシャ様が宿へとご帰宅。カルナ様、メイ様、フラン様、エル様も午前2時には一旦ご帰宅。こちらの4名様は3時間後にまた来館され、既に大浴場とパウダールームを利用されております。その際もまた私がご案内させて頂きました』

「うわぁ、ありがとうエア。パウダールームの使い方に慣れるまでは、エアにお願いする事が多くなりそうですね。それで、オーナールームは僕が寝ている時に、変えてくれたのですか？」

『いえ、オーナーが寝る前には既にカプセルホテルBタイプに変更させて頂いております。Bタイプはキャビンルームとなっております。オーナールームは現時点で最も良いタイプへと自動変換される仕組みでございますので、ご了承下さいませ』

　なんと、昨日僕が寝る時にはチェンジしていたとは。僕よっぽど眠かったんですねぇ。

「わかりました。ではグラン、現在のホテルの状況を教えて下さい」

『畏まりました。現在入館者はサーシャ様、ミック様、ライ様、リル様の4名でございます。サーシャ様はリル様を連れて入浴中。ミック様、ライ様はキイが対応しております』

「ありがとうございます、グラン。エア、僕の魔力残量を教えて下さい」

『はい、現在オーナーのMPは2700でございます』

とすると、今日は食事位は大丈夫ですね。……あと気になっていたのはまだあるんですよねぇ。

「グラン、亜空間グランデホテルの設定画面出して貰えますか？」

『畏まりました』

《亜空間グランデホテル　フロント》
【宿泊者登録】
【宿泊状況】
【大浴場利用者登録】
【大浴場利用状況】
【大浴場・脱衣場管理】
【フロントスタッフ登録】
【大浴場スタッフ登録】
【備品発注】
【お土産コーナー】

気になるのは備品発注とお土産コーナーの2つ。
「グランとりあえず、備品発注を更に開いて貰えますか？」
『畏まりました』とグランが画面を切り替えます。

【備品発注】0／100（魔石）
テーブル備品、サービス備品、会計備品、スタッフの制服、ネームプレート、靴など取り扱いあり。魔石100個で取得可能。

これは業務に必要な物ですね。後で必ず取りましょう。さて、もう1つの方にも切りかえて貰いますか。

【お土産コーナー】0／1万（魔石）
亜空間グランデホテル厳選のお菓子、酒、アメニティ、お茶、コーヒー、パジャマ、ガウン、リネンなどを販売するコーナー。魔石1万個で取得可能。

うわぁ、欲しいものだらけじゃないですか！　……しかし、また魔石です。これは早急に対策が必要でしょう。

「成る程。わかりました。とりあえず本格的な開業までになんとかしたいですね。グラン、備品発注は取得しておいてくれますか？」

『畏まりました』

ふぅ、なんか異世界きてからバタバタですね。今日はのんびりしたいものです。木陰の宿の方の様子も知りたいですし、ちょっと食堂に顔出して来ますか。

「グラン、キイに伝えてください。もしミック君達に僕の事聞かれたら宿の食堂に居ると伝言をお願いします、と」

『畏まりました。では、行ってらっしゃいませ』

後はグランに任せて、僕はエアを持ってフロントを後にします。正面玄関で靴を履き替え木陰の宿へ。

エアに確認すると今は3の刻、地球時間で朝10時。朝食はとっくに終わってますねぇ。食堂は静かだろうなぁ、と思って歩いていたら、賑やかな声が聞こえて来ます。どうやらお客様がいらっしゃるようですね。

「だからぁ、その髪と肌の理由教えなさいよぉ」

「うふふ、秘密。ティアは良いじゃない、そのままで」

「メイ姉に深く同意。ティアさんそのままでいいと思う」

「駄目よ！　振り向いてもらわないといけないんだから！」

「いや、なんか逆に離れて行きそう……」

「ちょっとエル！　縁起でもない事言わないで頂戴」

メイさんとエルさん仲良さそうに話していますねぇ。ただ話している方って……？　僕が疑問に思っているとエルさんと目が合いました。

「トシヤ兄、おはよう！　丁度いいからちょっとこっち来て！」

走って来たエルさんに腕を掴まれ、メイさんたちの所へ連れて行かれます。な、なんでしょう？

「トシヤ兄、こちらはクライムのティアさん。で、ティアさん、トシヤ兄が私らの髪と肌の理由を知ってる人」

エルさんが紹介してくれた方はどう見ても男性です。逞しい筋肉をお持ちで顔も男らしいのですが、名前が女性なのが気になります。

「まぁ！　是非教えて頂戴！　私も綺麗になりたいのよ！」

ティアさんと呼ばれている男性にガシッと両手を掴まれる僕。余りの迫力に引いてしまいましたが、あれ？　クライムってレイナさんのところのパーティですよね。

「悪い！　まだティアここにいるかい？」

「ま～だやってたのか？　フリード」

「……」

タイミングよく昨日会ったクライムの3人が食堂に入ってきます。

「その名で呼ぶんじゃねえ！」

メンバーに向かって野太い声で怒るティアさん。あ、本名はフリードさんですか。

「あら、失礼、私とした事が。私の事はティアと呼んで頂戴。可愛いものと綺麗なものが好きなのよ。でも安心してね。私好きなのは女性だ・か・ら」

ティアさんにパチンとウィンクされてしまいました。いるんですねぇ、異世界でも。

「ティアさんですね。僕はトシヤと申します。宜しくお願いします」

僕は普通に挨拶しただけですが、ティアさん驚いています。エルさん「流石、トシヤ兄」ってなんですか？

「凄え。ティアに引かない奴久しぶりに見た」

「この宿使い始めて以来じゃないか？」

ザックさんとレイナさんがそんな会話をしています。いや、僕も引いていましたけどね。

「嬉しいわぁ、受け入れてくれて！　トシヤちゃんだったわね。こちらからも宜しくお願いしちゃうわ。で、早速だけどメイやエルやフラン、カルナさんまで髪は艶っとしてるし肌はぷるんとしている理由教えて欲しいのよ！」

再び両手でガシッと掴まれました。……これチャンスですかねぇ。エルさんやメイさんに目で確認すると、２人とも笑顔で頷いてくれます。何か思いついたように、エルさんがレイナさんに話しかけます。

「ねえ、レイナさん。今日は依頼あるの？」

「ん？　余り良いのがなくてな。今日は休みにする事をティアに伝えに来たんだが……」

「じゃあさ、トシヤ兄の相談に乗ってあげてくれないかな？　で、ティアさんの疑問も解けると思

うよ」

エルさんが、ナイスな橋渡しをしてくれました。ありがとうございます。

「まぁ！　何かしら？　教えてくれるならいくらでも乗るわよ」

「ティア、簡単に言うな！　とりあえず話聞くだけでも良いか？」

ティアさんは簡単に頷きますが、レイナさんは慎重です。「なんか面白そうな匂いがする」とザックさんは言ってますし、ガレムさんは相変わらず黙ったままです。

これはAランクパーティの協力が得られるかもしれない機会です。逃しちゃいけませんね。

「ではここでは何ですし、僕の部屋に移動しても良いですか？」

「構わない」

レイナさんが代表して答えてくれたので、エルさん達に感謝のお礼をして、僕達はまた部屋に戻ります。しかしみんな体格良いですからねぇ。とりあえず中に入って貰ってさっさとホテルに移動しますか。

先にクライムのみんなに部屋に入って貰い、扉を閉めてから改めて挨拶します。

「さて、改めて僕はトシヤと申します。まずはガレムさん、冒険者ギルドでは大変失礼しました」

「別に気にするな」

「主にコイツのせいだしな」

まず僕はガレムさんに謝る事から話し始めます。ぶっきらぼうに答えるガレムさんとそれにツッコミを入れるザックさん。

「何かあったの？」

「いつもの事だ」

レイナさんがティアさんの疑問に答えています。あ、聞いてなかったんですね。

「実はあの時も僕は魔石を買いに行っていたのですが、これからも大量に必要としているので、信頼できる協力者を探していたんです。その理由もティアさんの疑問の理由もお教えしますので、その前に改めて皆さんの名前と年齢教えて下さいますか？」

「ん？　まぁ良いけど私から言うか。改めてレイナだ。歳は20だな」

「次は私ね。本名はフリードだけどティアって呼んでね。21よ」

「じゃ、次俺な。俺はザック。19だ」

「ガレム。21」

おや、ザックさん僕と同じ歳ですね。後は皆さん年上でしたか。職業は言わずとしれた冒険者ですしね。エアを見ると、ちゃんと登録してくれています。後は触って貰うだけです。

「ではレイナさんからこの板の丸い部分に人差し指を軽くおいて下さいませんか？　僕が魔石が必要な理由が見えますから」

少し警戒しつつもエルさんから頼まれた事もあってでしょうね、レイナさんが黙ってエアに触ってくれました。

「な、なんだ急に扉が出て来たぞ！」

入館者登録をしたレイナさんが驚きの声を上げます。構わず僕はティアさん、ザックさん、ガレムさんにも触って貰うように促します。当然驚きの声をあげるクライムの皆さん。

「皆さんが今見えている扉が僕のギフト、亜空間グランデホテルです。魔石が必要な理由と、ティアさんの疑問の答えですね。詳しくは中に入って話しましょう」

さぁ、クライムを巻き込む為に頑張りますか！

……僕、こっち来てから働きまくってますねぇ。

ゆっくりはいつ出来るんでしょう？

5章 クライムの皆さんを歓待しましょう

「何だこの立派な建物は……ここがギフトの中なのか？」

早速ホテル正面玄関から中に入って来たレイナさんが、唖然として呟いています。

「なんなの……」

「こりゃ、楽しくなって来た！」

「……何だここは？」

ティアさん、ザックさん、ガレムさんまで驚きの声をあげています。

『ようこそ亜空間グラングランデホテルへお越し下さいました。当ホテル総合受付担当グランと申します。当ホテルでは靴を履き替え、より快適に過ごして頂いております。まずはシューズボックスより室内靴に履き替えをお願い致します』

そこにグランの挨拶が入り、入館したばかりのクライムメンバーはキョロキョロとしています。

まぁフロントが喋るのは不思議ですからねぇ。

という事で、まずは僕が先にホテルに入り、靴を履き替える様子をお見せします。それを見て、自分達も動き出すクライムのメンバーたち。そこへ奥からトテトテ走ってくる足音がします。

「おかえりなさーい」

「あれ？　おきゃくさま？」

ライ君、リルちゃんがお出迎えです。思わず顔が緩んでしまいますねぇ。

「あれぇ？　レイナさんだぁ。クライムのみんなもいる」

遅れてサーシャさん。２人の後を追って来たんですね。

「まああ！　ライちゃん、リルちゃんここに居たのねぇ！」

靴を素早く履き替え２人に近づき、同時に２人共抱き上げるティアさん。力持ちです。抱き上げられた２人はというと「たかいのー！」ときゃっきゃと喜んでいます。この２人、強者です。ティアさんを怖がってないですよ。

「ねぇ、トシヤお兄ちゃん。私がみんなを案内しても良い？」

そこへ願ってもない事をサーシャさんが提案してくれます。これは嬉しい。僕の口から話すよりも効果的かも知れませんからね。

「ええ、是非お願いします」

「やった！　頑張る！」

僕が頷くと張り切ってクライムメンバーの前に立つサーシャさん。

「こほん！　ではようこそお越し下さいました、クライムの皆さん。当ホテルは現在入浴施設、食事が取れる喫茶店、休憩所を完備しております。まずは当ホテルが誇る喫茶店にて、館内説明をさせて頂きます」

サーシャさんが言い終わって満足気にグランの方を振り返ります。

『サーシャ、先に名前を伝えて下さい』

とグランの指導はもう始まっているみたいです。

「あ、忘れてた！　皆さんをご案内させて頂きます。スタッフのサーシャです。宜しくお願い致します」

ぺこりと頭を下げて「さあこちらへどうぞ」とみんなを促すサーシャさん。良い感じじゃないですか！　え？　さっき教えたばかり？　そりゃすごい！

僕がグランから先程までの報告を聞いている中、状況についていけないクライムの皆さん。ザックさんだけワクワク顔してますね。

「皆さん、まずは僕のギフトを体験してみてくださいさい。皆さんの協力が欲しい理由がよりわかると思いますから」

僕の言葉に顔を見合わせるメンバー達。

「さあどーじょ！」とライ君達の可愛い後押しが入ります。これにはクライムのみんなもやられたのか「よし、見てみるか」とサーシャさんの後について行ってくれました。

勿論一番先頭切って歩いているのはティアさん。嬉しそうにライ君、リルちゃん抱いたまま、サーシャさんの後を歩いて行っています。３人とも可愛いですからねぇ。

「さぁ、お好きな席にお座り下さい」

喫茶店のドアを開けて、みんなを迎えるサーシャさん。カランという鈴の音と共に「「いらっしゃいませ』」とミック君とキイの声がお出迎えします。

「あっちライの」

「あれリルの！」

　とティアさんに抱かれたライ君、リルちゃんはカウンター席にある自分の席を指差します。ティアさんはにこにこ顔でカウンター席へ。残りの三人はテーブル席へ座ります。僕はカウンター席についています。席につくとキイからの挨拶が入ります。

『クライムの皆さん、ようこそグランデ喫茶店へ。喫茶店総合責任者のキイと申します。こちらの店では軽めの食事や各種飲み物、甘いデザートを提供しています。どうぞご利用くださいませ』

「助手のミックです。宜しくお願い致します」

　ミック君も挨拶をすると、こほん、と咳払いをしてみんなに話し始めます。

「お手元のメニューをご覧下さい。本日初入館キャンペーンの一環として飲み物一品サービスさせて頂きます。お好きなお飲み物をご注文下さいませ」

　言えた！　という顔で満足気な顔をしているミック君。『良かったですよ』と優しい声でキイに褒められています。こちらも始まっていたんですね。

「……酒はないのか?」とガレムさんがぼやいています。すみませんねぇ、お酒はまだなんですよ。とりあえず、新しいもの好きそうなザックさんはコーラ、レイナさんは無難に紅茶、ティアさんはブレンドコーヒー、意外にもガレムさんココアを注文したようです。僕はいつものお願いします。

　注文を受けて嬉しそうに「はい！　畏まりました！」と元気に動きだすミック君。

カウンターからはよく見えますからね。ティアさん驚きまくりです。カップやグラスを置くと一瞬のうちに飲み物が準備されるんですから。

ミック君は1つずつお盆に載せてみんなに配って行きます。ちゃんと「お熱いのでお気をつけ下さいませ」まで言って置いていくんですよ。素晴らしい！　因《ちな》みにサーシャさんもミック君のお手伝いしています。この辺は流石、宿屋の娘さんです。

配り終えるとサーシャさんが、みんなが見える位置につき話し始めます。

「では館内設備のご案内を致します。私の後方にある部屋が、無料で開放している休憩所でございます。奥には男女別のトイレもご用意しております。休憩所内では当喫茶店にはない飲み物、甘味も有料ですがご用意致しております。えー……と、後は……あ！　喫茶店入り口の横、布の掛かった出入り口の奥が大浴場へと続いています。クライムの皆様は初入館キャンペーン対象の為、本日は無料でご利用可能です。是非お試し下さい」

言い切ってぺこりと頭を下げるサーシャさん。初日でこれは凄い！　と思わず僕は拍手でサーシャさんを労います。するとキイとグランからも拍手の音が聞こえてくるじゃないですか。これにはサーシャさんにっこり。嬉しそうにミック君のところに行ってハイタッチしています。

すると、黙ってみていたレイナさんが僕に話しかけます。

「で、トシヤ。詳しく話してくれるか？」

うん、サーシャさんのおかげでつかみは良いですね。

「はい。僕のこのギフトである施設は未だ未完成です。この施設を増強する為に魔石がかなり必要となって来ます。また、この施設は後ろ盾がありません。僕は多くの人に楽しんで貰えるためにも冒険者ギルドと商業ギルドの後ろ盾がほしいと考えています。そこで、全面協力をしてくださっている木陰の宿の皆さんに相談して、浮かび上がったのが皆さんです。勝手を言うようで申し訳ありませんが、魔石採取の専属契約と、冒険者ギルドのギルド長への繋ぎをお願いしたくてここにお連れしました」

「成る程ねぇ、これだけの施設が亜空間にあるってだけでも凄いのに、中の設備が今後更に発展していくのであれば後ろ盾はあった方が良いでしょうね」

僕の説明に一番に反応してくれたのはティアさんです。

「しかもこれだけの設備にかかる魔石ったらすげえ数だろうしなぁ。用意出来るのは高ランクパーティだろうし」

魔石の量も理解してくれたのはザックさん。

「……ギルド長に面識あるのは俺達だしな」

ガレムさんも理解してくれたみたいです。

「そしてそれらを明かせる信頼できるパーティって見てくれたのか？　……何とも嬉しい話じゃないか。だが私らはこれでもAランク冒険者だ。きちんと報酬はあるのか？」

レイナさんも上手く乗って来てくれました。

「はい。魔石に関してはきちんと現金でお支払い致しますし、専属契約してくださるなら、この施設の年間入浴無料パスポートをおつけします。またギルド長への繋がりのお礼といたしまして、宿泊施設が出来た際には年間宿泊無料パスポートを進呈したいと考えています」

僕の言葉に考えるレイナさんは、しばらくしてからパーティメンバーに向けて話出します。

「なあ、みんな。この話受けるかどうかの前に、まずは入浴や休憩所も体験してみないか？　そのあとみんなの意見を聞こうと思うがどうだ？」

「勿論よ」

「当然試すっきゃないでしょ」

「構わない」

レイナさんの言葉に好感触の肯定の返事をするクライムメンバー。

わかりました！　では心ゆくまでおもてなしさせて頂きます！

では、当館自慢の大浴場にクライムの皆さんを連れて行きましょう。ここからは僕も頑張りますよ！

女湯の方の案内はサーシャさんに任せて、僕は男湯の案内に徹します。早速、男湯の暖簾をくぐり脱衣場の設備を3人に説明しましょう。

ザックさんはあちこちキョロキョロ見てますし、ティアさんは男性用アメニティに目がいっています。面白いのはガレムさん、僕の説明を黙って聞いているんですよね。意外に真面目です。

脱衣所の説明が終わり、大浴場に行くとやはり「「「おおお」」」と野太い歓声を頂きました。ティアさんまで、野太い声出していたのにはちょっと笑ってしまいましたけどね。

大浴場の使い方、シャンプー、トリートメントの使い方、サウナの方法も3人に伝えて「ごゆっくりどうぞ」と引き下がる僕。

その後パパッと服を脱いで大浴場に入って行った3人はといえば……

「ウヒョー、こんな贅沢出来るのか！」

「ちょっと！　先に身体洗いなさいよ！」

「サウナってやつ入って来る」

楽しそうな声が聞こえて来ましたねぇ。まあ、お風呂は大丈夫でしょう。

「エア、お風呂上がりの3人の接待任せますよ。あと、室内備品からティアさん用に女性アメニティセットを出して貰えますか？」

『畏まりました。ティア様にはお肌のケアなどもお伝えさせて頂きます』

うん、ティアさんはエアに任せておけば問題ないでしょう。僕は他の準備があるので、エアに後を任せて急いで移動します。一旦宿に戻り今度はレイナさんの為に、女性陣の中から肌ケアを教えてくれる人を探しに行きましょう。

すると意外にも、一番先に声をかけたカルナさんが引き受けて下さいました。入浴回数券24枚セット進呈で。昨日エアに教えて貰った肌ケアをレイナさんにも教えて欲しい事をお願いすると「まぁ、レイナちゃんで遊べるのね、ウフフ」と何やら喜んでいましたねぇ。

……うん、お任せしましょう。

さて、これでレイナさん、ティアさんが肌ケアしている間に、ザックさん、ガレムさんは胃袋を掴ませて貰いましょう。

著　風と空
ill.　ゆーにっと
1
特殊ギフト「亜空間ホテル」で
異世界をのんびり探索しよう
Explore another world at your leisure
with the special gift "Subspace Hotel"
初回版限定
封入
購入者特典
特別書き下ろし。
木陰の宿繁盛記
※『特殊ギフト「亜空間ホテル」で異世界をのんびり探索しよう①』
をお読みになったあとにご覧ください。
EARTH STAR
NOVEL

「お父さん！　お肉ピザ四つ追加！」

「リーヤ！　煮込みハンバーグお願いね！」

「ビールまだある？」


おおー！　忙しそうですねぇ。と言うか、たまに木陰の宿でお昼にしようと思ったら、食堂は凄い混雑していました。エルさんも厨房に入ってピザを用意していますし、リーヤもゼンさんも動きが高速です。カルナさんは鼻歌歌いながらも、手はしっかり動いていますし見事な連携です。

「あれ？　トシヤさん来ていたの？　丁度カウンター席空いたからどうぞ」

おや、料理を運びながらメイさんが気付いてくれました。有り難くカウンター席に着く事にしましょう。カウンター席に着くとお水を持ってきてくれるフランさん。さっき料理運んでいたのに僕の事まで気がつくとは流石ですねぇ。

「あ、トシヤ兄いらっしゃい！　今日ライとリルー緒じゃないんだ」

焼き上がったピザをお皿に乗せながら、エルさんも厨房から声をかけてくれます。いー匂いです。

「今日はライ君リルちゃんが、キイの喫茶店でお食事したいそうですよ。僕はリーヤに誘われたので、来てみました。リーヤ、僕に見せたいものってなんです？」

「おお！　トシヤ来たか！　ちょっと待て。仕込みは済んでいるんだ」

段取りよく動くリーヤが貯蔵室から出してきたのは、半月の形のもの。それに卵を絡めて更にパン粉をつけて、厚底フライパンに投入するリーヤ。ジュワアア！　といい音がします。油で揚げているんですね。と言う事は……。

「よーし、いい感じだ！　ほら、トシヤ！　出来たぞ！」

リーヤがお皿に乗せて出してくれたのは、揚げたてのパンです。それもこのスパイシーな匂いは……。

「リーヤ、遂にカレーパンができましたか！」

「おうよ！　キイさんに聞いて親父と試行錯誤した結果よ！　まずは食ってみてくれ！」

自信満々なリーヤと、奥の調理場で料理をしながらサムズアップを決めるゼンさんに頷き返して、さあ実食です。揚げたてのサクっとした食感に口の中でとろけるお肉。スパイシーな味が口の中に広まって、食材とのハーモニーが素晴らしい！しかも揚げたてをさらにサクっとさせるキッチンペーパーを下に敷く心使いが嬉しいですね。

「うん！　美味しいです！」

笑顔でサムズアップを決める僕に、「よっしゃ！」とハイタッチで喜ぶリーヤとゼンさん。

「美味しいでしょう！　だって最近ずっとカレーパンの試食させられていたんだから」

「うふふ、そうね。そして味変わりにはこれかしら」

エルさんずっと試食係させられた事をぼやいていますね。同じように協力したであろうカルナさんが、今度はちょっと違う揚げパンを僕の前に置きます。今度は長方形ですか。

「ん！　これはピザパンですね！　とろりとしたチーズに濃厚なトマトソースが効いています。具材はこれエビじゃないですか？」

「お、正解！　丁度クオーク産のオマール海老が手に入ったんだ。絶対合うと思ってやってみたら成功したわけさ！」

既に他の料理を手掛けながら教えてくれるリーヤ。うんうん、これは大成功ですね。

「おーい！　エルちゃん。そこの兄さんが食っている美味そうな物って新作かい？」

僕の美味しそうな食べっぷりに釣られたんでしょうか。奥のお客さんに声をかけられていますね。

「そーだよー！　だけど数量限定だね。カレーパン、ピザパンそれぞれ1個800ディア！　高いけど納得の味だよ！　さあ、早い物勝ち！」

エルさんの掛け声に、店中から「俺も」と言う声が上がります。凄い人気ですねぇ。やはりこの匂いは堪りませんからね。店内ではお客さん達のこう言う声が聞こえてきているんですよ。

「最近この店の味付け変わったよなぁ」
「味わいが深くなったっていうのか？」
「つまみも変わったもん出しているよなぁ。このチップスってやつエールに合うこと！」
「それにエール自体が変わってんの、お前ら気付いてたか？　ただ普段のより上乗せ料金だからそう何杯も飲めねえがな」
「ああ！　ビールっていうやつか！　あれ飲むとエールは霞んじまうが、懐具合を考えるとなぁ」
「ああ、違いない」

談笑しながら皆さんが言っているのは、ウチのホテルのコンビニや自販機で購入した物でしょうね。ゼンさん達しっかり木陰の宿オリジナルアレンジをして提供しているみたいです。

最近は余りの人気ぶりにカルナさん達も、お気に入りの大浴場に行くのが遅くなるってぼやいていましたけど。でも表情は嬉しそうでしたね。

木陰の宿は今やセクトの街の人気店。

スタッフは可愛いし、料理は美味いと評判です。この人気店は気取らず、あったかい雰囲気で貴方を迎えますよ。

常連になると特別料理も振る舞ってくれるお店です。

……もしかすると、更に特別な場所に案内してくれるかもしれませんよ。

喫茶店に戻り、キイとミック君と打ち合わせをします。今回は僕の奢りとして皆さん同じメニューでいかせてもらいますが、ビーフシチュー、オムライスでお腹を満たして頂き、新しもの好きのザックさんにシーフードピザを、意外に甘いもの好きなガレムさんにフルーツパフェを出して貰うように2人に頼みます。

勿論、ティアさん、レイナさんの分も同じように準備してますよ。2人はガレムさんと同じメニューで良いでしょう。

さてその後は休憩所でまったりと過ごして頂きましょうか。ここではコーヒーが無料で飲める事をお伝えして、食後のコーヒーを提供。その後自販機でジュースとお菓子をお土産に渡す為、買っておきましょう。ここは奮発して全種類ですかね。

魔力量は……まぁ、持ちますね。

さて後は上がって来た皆さんをもてなす事に徹しましょう。

あ、その前に僕もちょっと一休みしましょうかねぇ。

私の名前はティア。

今はとあるホテルの大浴場という場所にいるのだけど……。

ちょっと、ちょっと！　控えめに言っても最高なんですけど！

こんなにたっぷりのお湯に浸かるなんて夢みたいよ！

ザックの馬鹿は飛び込んで泳いじゃってるし、ガレムはサウナってところに入って茹で上がって出てくるわで、あいつらはしゃぐのが本当にわかるわ。でもガレム、水風呂に入って「フィィィ～」って声は親父臭いわよ。

私は泡風呂が気に入ったわ！　あのブクブクの中で入る気持ち良さ！　ジェットバスっていうのも筋肉がほぐされて良いけど、泡の何とも言えない心地よさがいいわぁ。ずっと入っていられるわね。

そしてお風呂上がりはエアちゃんが待っていてくれたのよ。本当このトシヤちゃんのギフトって不思議よねぇ。だって喫茶店や受付、板がしゃべるのよ。しかも会話までできて知識も豊富。それも私が知りたかったお肌の手入れまで！　何このプルプル感と肌に吸い付く程のもっちり感。乾燥がちの私の肌がこうなるのよ！　本当に素敵だわ。

でもこの基礎化粧品は女風呂には常備してタダだけど、男風呂にはまだ備えられてないのよ。でもエアちゃんは言ったわ、まだだって。ここはまだ成長するのよね。楽しみだわ。

ザックとガレムはとっくに出ているけど、私もそろそろお腹空いて来たわね。エアちゃんによると、トシヤちゃんが喫茶店で食事用意してくれているそうよ。行きましょうか。入り口を出ると、レイナも同時に出て来たみたい。

「あら、レイナも今上がったの？」

「ああ、カルナさんに捕まってな……」

なにがあったのかしら……？　レイナに悲壮感が漂っているわ。でもお肌はピカピカ。綺麗なこの子がさらに仕上がっているじゃない。カルナさんやるわね。

「ま、気持ちよかったならいいじゃない。切り替えて喫茶店いきましょ。ご飯用意してくれているみたいよ」

「ああ！　楽しみだ！」

まったく、この子はまだ色気より食い気ねぇ。まぁそこも可愛いけど。でも、既に喫茶店の中が何か騒がしいわね。ザックとガレムが食べているはずだけど。

カランカラン。

「すっげえ、すっげえ！　これ美味い！　なんだこの味！　初めて食ったわ」

なんだ……ザックの馬鹿が騒いでいたのね。あら、ミック君が嬉しそうにニコニコしているわ。

サーシャさんも配膳手伝っているのね。あら？

「ちょっと！　ザック！　あんた何皿食べたの？　何この皿の山」

「おー、ティアにレイナ。遅かったな。俺もうこんなに食べたんだぜ」

ザックの前にお皿が5皿積み上がっているわ。もしかして今食べているのが6皿目？　え？　ガレムも3皿目じゃない？

「お前らなぁ、いくら奢りとはいえもうちょっと遠慮しないか？　みっともないじゃないか」

レイナもっと言ってやって頂戴！　でも相変わらず食べるわねぇ、ザック。痩せの大食いなのよ、あの子。ガレムは見た目通り食べるけれど、まぁ通常よね。

「レイナ、私達もお腹空いたわ。気にしないで席に着いて食べましょう？」

「そうだな。ミックお願いできるか？」

「畏まりました！」

ミックちゃんがテキパキ動くわね。見ていて気持ちいいわ。でも何度見ても不思議。お皿置いただけで料理が出てくるのよ？　便利ねぇ。

「お待たせしました。オムライスとビーフシチューです。お水のおかわりが必要な時はお呼び下さい」

ミックちゃんが持って来た料理にレイナはもう釘づけねぇ。スプーンとフォークが出て来たら早速食べちゃってるわ。

「ティア！　早く食べてみろ！　これ凄い美味いんだ！」

あら食にうるさいレイナが勧めて来るなんて。どれどれ……まぁ！

本当美味しい！　これなんの味かしら？　ポメの味もするけど酸っぱくないわ。え？　オムライスって名前なの？　意味はわからないけど、これ腹持ち良さそうだし、スプーンが進むわ。

それにスープが味わい深いのよぉ。濃厚でいて複雑な味わい。オムライスにも合うわぁ。スープの中のお肉が柔らかいし、味が染みてて まぁ美味しい事！

気がつけば2皿目に突入していたわね。あらレイナも？　お互いにダイエットは明日からね。でもやられたわぁ。まさか更に隠し玉持ってるなんて。

「ティア！　凄い！　これめちゃくちゃ甘くて美味い！」

「本当に凄いわね。果物がいっぱい乗っていて綺麗だし」

レイナが興奮するのはわかるわぁ。甘いものなんて高いから滅多に食べないものね。って、はぁ!?　ここだと600ディアでこれ食べれるの!?　ありえないわ！　止まらないわ！

でもガレム、あなたパフェ何杯目なのよ。確実に3杯は食べているわよね……。ザックは当然のように食べてるし。ウチはAランクだけどお金にうるさいのは食費のせいなのよねぇ。

もう本当にみんな胃袋摑まれちゃったじゃない。

これは言わなくても結果バレバレねぇ。

❦

うわぁ、流石冒険者ですねぇ。食べる量が半端ないです。これお食事券の方が喜びましたかね？

いやでもあれだけ食べれば、宿代だって馬鹿になりませんし。ここは当初の案でいきましょうか。

「いやぁ！　食った食った！」

「もう入らないわよぉ」

「満足だ」

「それにしたってお前ら食い過ぎだ！　遠慮しろよ」

喫茶店からお腹をさすりながら出て来たクライムのメンバー。うん、うん。満足しているみたいですねぇ。

皆さんをリクライニングチェアに1人ずつ座らせて、僕はコーヒーの用意をします。そうそう、ライ君、リルちゃんは空いている椅子でおねむの時間ですよ。可愛い寝顔で癒されます。

「トシヤ、もうなにも構わなくて良いぞ。本当に十分だ」

僕がコーヒーを用意しているとレイナさんが申し訳なさそうに話しかけてきます。

「ま、ゆっくり食後のコーヒー飲みながら休んで下さい。ところで皆さん、お風呂はどうでしたか？」

僕は皆さんにコーヒーを渡しながら感想を聞いてみます。興奮して話し出すザックさんに、サウナが気にいったらしいガレムさん。レイナさん、ティアさんはお風呂は勿論、お肌のケアに満足しているみたいでしたね。エアとカルナさんありがとうございます。

あ、エアはさっきティアさんから受け取りましたよ。「また教えて欲しいわぁ」ってエアに言ってましたから、頑張ったんですねぇ、エア。

「トシヤ、今みんなに専属契約の意見聞いてみて良いか？」

レイナさんがどうやら僕にもみんなの意見を聞かせたいみたいですね。

「勿論です」

「ふふっ、流石余裕だな。さて、みんな。専属契約とギルド長への繋ぎの件だが、どう思った？」

レイナさんの言葉に最初に意見を言ったのはザックさん。

「はーい！　俺反対」

ええ！　あれだけ好感触だったのに!?　僕が驚いているとティアさんとガレムさんも頷いている

んですよ！　何か気に入らない事ありましたかねぇ……。

「ははっ、みんなそれだとトシヤに伝わらないぞ。明らかに私達の方が貰いすぎだとな」

ん？　話の方向性が変わってきましたよ？

「いやぁ、悪い。してやられてばっかりで悔しくてな」とザックさん。

「そうねぇ。入浴だけでも凄いのに、これで宿泊までタダになるならこのまま契約にＯＫは出せないわ」とティアさん。

「専属護衛つけても良いんじゃないか」とガレムさん。

　みんなの意見を聞いて満足そうなレイナさん。僕の顔を真っ直ぐ見て話し出します。

「なぁ、トシヤ。私らはここが気にいった。まだ宿泊もしてないのにな。だが、今ある施設だけでも今後増える宿泊施設にも期待が持てる。多分いい意味で予想を裏切ってくれるだろうってな」

「そうそう、休憩するだけでこんな座り心地のいい椅子用意するんだぜ。あり得ねぇよ」

「そうねぇ。ザックの言う通りだわ。これで未完成なんて凄すぎるわ。将来性を考えれば恐ろしいわね」

「ティアが言ったとおりだ。だからこそ護衛が必要になるだろう。だったら俺らこそ先に護衛の権利が欲しい」

「そうだなガレム。みんなもガレムの意見に同意で良いか？」

　レイナさんの言葉に全員が笑顔で頷いています。

「トシヤ、聞いての通りだ。Ａランクパーティクライムを専属護衛とする事を了承するなら、トシヤの提案に乗ろう。どうだ？」

レイナさんがニヤっと笑って僕に聞いて来ますが、聞かれるまでもないですよ！

「勿論！　願ってもありません！　お願いします！」

僕の声に「よし」（1人頷き）と言ってくれたクライムのメンバー達。

まさか護衛まで言い出してくれるとは、考えていませんでした。頼もしい人達が更に僕らに加わってくれるとは嬉しいですねぇ！

木陰の宿という信頼できる心の拠り所が出来たと思えば、専属契約飛び越えて専属護衛ですよ。頼もしい仲間が増えたんです。

その後クライムのメンバーは、恒例のグランとエアによる更に詳しい館内設備と、判明しているこれからの館内設備、質問タイムに突入しています。

取り分けガレムさん、ビール自販機に食いついていましたね。頭をさげて僕に頼み込んでくるぐらいですから。その自販機については、ゼンさんからもお願いされているんですよ。あの人いつ飲むつもりなんでしょうね。

そして、パスポートの申請機は優先事項決定です。何せ契約に必要ですし。木陰の宿との約束もありますし。専属護衛だから早くこの宿に宿泊した方がいい、というティアさんの意見も出ましたからね。……ティアさん、お風呂が目的じゃないですよね。

現在、魔石の数はバージョンアップと備品発注に使い、残り８００。２００くらいならまた買えるんじゃないかという事で、明日冒険者ギルドへクライムのみんなと行く事に。

クライムのみんなは今依頼を受けたくて仕方ない感じです。ティアさん、ガレムさんはお土産コーナーに期待を抱いていますし、レイナさんは充電機能があれば更に依頼こなせる！　と意欲的ですし。ザックさんは僕と同じ漫画喫茶に期待を抱いています。いや、ザックさんは喫茶店がどう変わるのか知りたいだけでしょうけど。

ん～、どれにしても魔石1万個。クライムの皆さん！　期待してます！

大体話がまとまった頃、休憩に入ったエルさん、メイさんが来て経過を聞きに来ました。「やっぱり」と納得の2人。それでも心配して来てくれたんですよね。ありがとうございます。

そして起き出したライ君、リルちゃん。速攻で構いに行くティアさん。

「ティアさんがいると楽でいいわ」

とエルさんが言ってますが、Aランクを子守に使うって凄すぎですって。

まあ、喜んでやってますしね。それで、エルさんから入浴券を貰ったライ君、リルちゃんはお風呂へと向かいます。ティアさんは勿論、クライムの面々も当然僕もお風呂へ移動。安心したらゆっくり浸かりたいものですから。

その後はまったりとしたものでした。エルさん達が戻る時ライ君、リルちゃんも宿に戻り、夜にはクライムのメンバー、ミック君、サーシャさんと入れ違いにゼンさん達が入館。喫茶店で息抜き中のゼンさん、リーヤ、女性組は大浴場へ足早に移動していきます。

亜空間グランデホテルも賑やかになって来ましたねぇ。僕は、ほのぼのしながらオーナールームへ。はぁ、ベッドが気持ちいいですね。異世界4日目はスッと眠りに着きました。

おはようございます！　今日は早く起きれましたよ！　1の刻の前なんて初めてです。

今日はクライムのみんなと冒険者ギルドへ魔石を買いに行く予定です。クライムのみんなは依頼をこなす為に早く宿を出るそうなので、僕もそれに合わせます。

『オーナーおはようございます。現在入館者はおりません。今日もサーシャとミックは入館予定です。ライ様とリル様もご一緒だそうです。これからほぼ毎日学びに来ますので、備品発注より制服の支給をお願いいたします』

真面目なエアから挨拶と報告を受けて、そういえば、と思い出す僕。そうですよ！　このグランデホテルにふさわしい制服を選ばなければ！

「わかりました。エア、備品発注を開いて下さい」

『畏まりました』

【備品発注】
［テーブル備品］
［サービス備品］
［会計備品］

［スタッフ備品］

『スタッフ備品の制服においては配置によって既に決定済みです。サイズは体形に合わせて伸縮可能ですので、成長期の2人でも長く着られるようになっております』とエア。

おや、カタログの中から選ぶのではないのですか。ちょっと残念ですが仕方ありません。まずは部門ごとの制服を見てみましょう。

「エア、どんな制服か見せて下さい」

『畏まりました』

［スタッフ備品］

【制服】

・フロント制服セット〈ワイシャツ、深緑のベスト、赤のチェックのアスコットタイ（女性用・男性用あり）、黒のズボン、革靴〉ＭＰ１５００

・喫茶店制服セット〈コックコート（白に緑のライン）、黒のズボン、腰下ショートエプロン（深緑）、コックシューズ〉ＭＰ１５００

・大浴場・休憩所制服セット〈丸襟深緑チュニック、白のズボン、コックシューズ〉ＭＰ１５００

なるほど、ウチのホテルは「深緑」がシンボルカラーなんですね。それにしても、是非今日は着て欲しいものですね。

「エア、普段は大浴場・休憩所制服セットを2人に着て貰って下さい。そして2人に必要な数を渡して下さいますか」

『畏まりました。ではフロント制服セット2着。喫茶店制服セット2着。大浴場・休憩所制服セット4着、合計MP1万2000消費させて頂きます。全てを差し引いた現在のオーナーの魔力量は3万5700となっております』

「ありがとうエア」

となると、スタッフルームと自販機行けそうですね。

「エア。今日はスタッフルームとビール専用自販機とアイス専用自販機を設置しておいてくれますか？」

『畏まりました。追加オプションの館内設備から、スタッフルーム並びに自動販売機より、アイス専用機、ビール専用機、各種1台を設置します。これにより、オーナーのMP残量は5700となります』

「うん、宜しく頼みます」

エアとのやりとりを終え、朝の準備をし部屋を出ます。グランと挨拶を交わし喫茶店へ。キイとの挨拶も済ませいつものサンドイッチとコーヒーを食べながら、設置された自販機を眺めます。

いい感じになって来ました。一日毎に設備が整っていくのもまた良いものですねぇ。

1人ニヤニヤしながら朝食を終えて、宿へと向かいます。グランにミック君とサーシャさんが来たら、部屋の確認と制服の確認をするよう頼む事も忘れていませんよ。

食堂に降りて行くと、既に朝食を食べ終わっているクライムのメンバーが僕を待ってました。

「よお！　トシヤおはよう」

「トシヤちゃんおはよう」

「おはようトシヤ」

「……（頭を下げて挨拶）」

みんなに僕も挨拶を返し、早速冒険者ギルドへ出発します。冒険者ギルドへの移動の途中に、今日の朝の出来事を簡単に伝えます。でもビール自販機設置の話をしたら、まさか無言でガレムさんが宿に戻ろうとするとは思わなかったですねぇ。しかも、ティアさんまでサーシャさんとミック君の制服を支給した話をした途端帰ろうとしますし。

そして現在、僕は静かにお怒り中のガレムさんと、堂々と不満をいうティアさんに囲まれて冒険者ギルドへ向かっています。

レイナさん曰く「トシヤがいればこの2人は逃げないからな」だそうですよ。うう、後で言えばよかったです。

後悔しながらもギルドに着きホッとしていましたら、ギルド内が騒がしくなっていました。あ、ヘレナさんが居ましたね。何があったか聞いてみようと思ったら、逆にこちらに近づいて来ます。

「クライムの皆様！　緊急招集です！　ギルド長室へお越し下さい」

あ、僕じゃなくてクライムの方だったんですね。いや失礼。……ってガレムさん、ティアさんなぜ僕を捕まえるんです？　え？　レイナさんザックさんまで僕をそのままにして、ヘレナさんの後をついて行ってます。

いやいや、僕は関係ないですよ！

と言ったはずですが、僕はなぜここにいるのでしょう？

現在ギルド長室に連れてこられています。しかも両腕ガッツリ捕まった状態です。そんな僕を不思議そうに見つめる呼ばれた他パーティの面々。そうでしょうとも。僕も不思議ですから。

「悪いな、遅くなった」

ガレムさんぐらいの大きな男性が部屋に入って来ます。額から頬にかけて顔に傷があり迫力の獣人男性さんです。何の種族さんでしょうね。そう考えていたら目が合いました。

「おいおい、クライムのメンバーにそんなやついたか？」

「トシヤはクライムのメンバーだ」

「新しく入ったんすよ、ポーターとして」

僕は関係ないですよ、と言おうとしたらレイナさんとザックさんが僕の代わりに答えます。いや、そんな話一言も聞いてませんけど。

「そうか、ポーターか。後で登録しとけよ。ああ、テラとセイロンのみんなも良く来てくれた。今回の招集は街の比較的近くにオーク集落が発見された事だ。規模が大体３００。多分ジェネラルクラスがいるだろう。領主の訪問が近く時間をかけていられないんだ。Ａランクパーティクライムとテラ、Bランクパーティのセイロンで早急に討伐へ向かって欲しい。報酬は弾むぞ」

うわぁ、オーク集落って定番じゃないですか。いや、それよりも僕行きませんよ。戦えませんし。でも空気を読む日本人というか、言う勇気がないと言うかとりあえず黙っていますけど。

「ならギルド長、クライムの報酬は魔石を主にしてくれるか？」

各パーティがざわざわする中、レイナさんがギルド長に交渉を始めました。

「ん？　クライムが倒した分の魔石はきちんとやるぞ」

「いや、依頼報酬も魔石にして欲しい」

レイナさん全部魔石にして良いんですか!?　驚く僕にニッと笑うレイナさん。……考えがあるのですね。

「何だお前ら魔導具でも作るのか？　まぁ、それくらいなら構わないが……で、テラとセイロンはどうする？」

「テラとしては報酬プラス討伐したオークの数だけ上乗せしてくれればいい」

テラは男４人のパーティみたいですね。獣人と人間が半々です。そのうちの青い髪の人間の男性が答えています。見た感じ誠実そうですねぇ。

「セイロンも同じだ。尤《もっと》も今回はAランクの胸を借りる事になりそうだがな」

セイロンはクライムと同じ男女比ですね。でも全員獣人さんですけど。こちらはがっしりとした獣人男性が答えています。セイロンの答えにニヤリとするギルド長。

「良く言うぜ、自信あるだろうがよ。全員参加で良いんだな。じゃ、目的地はスレイプニルの馬車で約半日の距離だ。明日の早朝ギルド前出発予定だ。宜しく頼む。何か質問は？」

「今回ギルドが準備するのはスレイプニルの馬車だけか？」

「オイオイ、ボルク。スレイプニル馬車だって頑張って手配してるんだぜ。だが軽食ぐらいは用意するぞ」

「わかった。感謝する」

テラの青い髪の男性さんはボルクさんって言うんですね。礼儀正しい人です。

「じゃ、明日の早朝揃い次第出発だ。解散してくれ。あ、クライムは残れよ」

ギルド長さんが解散を宣言すると、サッと出て行くテラとセイロンパーティ。僕はと言うと、正直こんなに早くギルド長と会う機会が来るとは思ってなかったので、どうしましょう状態です。

僕とクライムメンバーとギルド長だけになって、レイナさんが口を開きます。

「ギルド長、勝手をして悪かった」

「いや、お前らが連れてくる人間だ。信頼して話を進めさせて貰ったが、なんか理由あるんだろ？」

なんか見透かされていますねぇ。すごい洞察力と胆力です。

「ああ、実はクライムは専属護衛をやる事にした。トシヤはその護衛対象だ。だが、こういう事もあるかと思って、いざという時の為にポーターという形にしようと決まったばかりだ」

確かに、専属護衛になったばかりで、みんなに置いていかれたら元も子もないですしね。納得。

「ごめんなさいねぇ、トシヤちゃん。説明なしでまきこんじゃって。その方が守りやすいのよ。順番逆になったけどどうかしら？」

ティアさんが僕に済まなそうに言ってきます。でもそれもいいですねと思う僕がいます。何せ、こうやって状況に素早く対応してくれる護衛なんてそう居ないでしょうし。

「いいえ、むしろ僕の為を思って言って下さったんですよね。ありがとうございます」

ここはにっこりお礼を言っておきましょう。その様子を見てギルド長が疑問を投げかけてきます。

「おいおい、Aランククライムが専属護衛になるって、こいつ何者だよ」

「それをギルド長にも理解してもらいたいから、あえて交渉させて貰った。ああいえば疑問に思ってくれるだろうからな」とレイナさん。

確かに自然な流れで、ギルド長と話し合う機会になりましたね。これはチャンスです。

「自己紹介が遅くなりまして申し訳ありません。僕はトシヤと申します。結論から話しますと、僕のギフトが理由です」

「Aランクが納得するギフト持ちってか？　なんか面白そうじゃねえか」

「ですが、説明するよりも目で見ていただけたらわかると思います。少し協力をお願いしたいのですが、宜しいですか？」

「お？　なにすればいいんだ？」

なんでしょう、このギルド長かなり場数踏んでる感じです。いきなりの事に笑う余裕があるとは。

そう思いながら僕はお馴染みの入館者登録をギルド長に行います。

「俺はブライト、33歳だ。このセクトの街のギルドマスターをしている。宜しくな」

フレンドリーなギルド長にエアを触ってもらい、その後この部屋に亜空間グランデホテルの入り口を召喚します。いきなり現れた正面扉にさすがに「おわっ！」と驚くブライトさん。

「僕のギフトは亜空間で成長する宿です。是非中をご覧頂きたいのですが、時間は大丈夫ですか？」

「時間？　んなものより、こんな面白そうなもん見せられて後にするなんて出来るか！　なぁ、トシヤと言ったか？　ここまで来て入らせねぇって事言わないよなぁ」

なんとなく……これは副ギルド長苦労してそうですねぇ。

「勿論です。さあ、中に入って下さい」

嬉しそうに真っ先に入って行くギルド長。その後を僕とクライムメンバーも入っていきます。

『ようこそ亜空間グランデホテルへ！』

グランの恒例の挨拶がギルド長を迎えます。当然キョロキョロするギルド長をクライムメンバーがニヤニヤしながら見ています。

さて、喫茶店で話し合いでしょうかね、と思っていると「トシヤ兄ちゃん！」とボスっと誰か足に抱きついてきました。ん？　サーシャさん？　あ！

「サーシャさん、凄い似合いますねぇ」

「えへへへ。ありがとう！　お兄ちゃん！　すっごい嬉しいの！」

サーシャさんがフロントの制服を着ています。いやぁ、これは可愛い！　ティアさんは両手を胸の位置で組み「なんて可愛いの！」と悶えています。

クライムメンバーも「いいじゃないか」「すっげえかわいい」「（頷き）」とサーシャさんを褒めていますねぇ。そうでしょう、うちのスタッフ可愛いでしょう、と満足気な僕。

「あれ？　木陰の宿のちびっこじゃねえか」

あ、ギルド長いたんでした。サーシャさんも「あ！」と気づき、すぐに態度を切り替えてギルド長に挨拶します。

「ようこそ亜空間グランデホテルへ。当館スタッフのサーシャです。まずは靴を快適な靴に履き替えていただくようお願い致します。その後当館自慢の喫茶店にてご説明をさせて頂きます」

きっちり挨拶を終えたサーシャさん。様になっていますねぇ。これにはギルド長も驚きつつ従い、靴を履き替えています。クライムの面々は慣れた様子で動きだしています。

準備が整ったギルド長をサーシャさんが案内し、喫茶店へ。ここでガレムさん我慢ができなかったのか、休憩所の方へ離脱。あ、ザックさんもついていきましたね。

喫茶店に着くと「「いらっしゃいませ」」とキイと制服を着たミック君がギルド長を迎えます。

「まあ！　ミックちゃんもなんて可愛いの！」

ティアさんがミック君を抱き上げていますね。うん、気持ちわかります。可愛いウェイターさんですから。

「ティアさん、仕事するから降ろして～」とミック君。渋々下ろすティアさんを「もう！」と頰を膨らまして怒っています。それでもすぐに切り替えて、ギルド長の方へ向き直り挨拶するミック君。

「ようこそグランデ喫茶店へ。助手のミックと申します。まずはお好きな席へお座り下さい」

ギルド長はカウンター席につき僕もカウンター席へ。レイナさんとティアさんはテーブル席についています。

キイの挨拶と入館キャンペーンのドリンクサービスの説明を受けて「酒が良いなぁ」と言いながらココアを頼むギルド長。ガレムさんと同類がここに。

今日はお金を持って来ていたのか、レイナさん、ティアさんはお気に入りのフルーツパフェを自分達で払って頼んでいます。僕はコーヒーですね。

ギルド長がミック君の動きと、一瞬で飲み物が出てくる様に驚いています。いかにも初めて訪れた人の反応でしょう。その後、昨日よりも流暢なサーシャさんの案内があります。日に日に良くなっていきますねぇ、と拍手をしていると真面目な顔のギルド長が僕の方に向き直ります。

「トシヤと言ったか。俺にこれを見せた理由を聞こう」

「はい。僕はこの施設を沢山の人に利用してもらいたいと考えています。ですが、この施設の有益性を考えると、いずれ権威者から目をつけられます。僕はそれが嫌なんです。そしてその対抗策に上がったのが冒険者ギルドと商業ギルドを巻き込む事です。この際ですから正直に話します。どうか僕の後ろ盾になって頂けないでしょうか？　一人でも多くの色んな方に利用してもらう助けになって頂けませんか？」

僕の言葉に黙り込むギルド長。しかし出た言葉は……「トシヤ、残念ながらそれだけじゃギルドは動かせねえ」というもの。うん、当然ですよね。

「では、この施設がもし、ギルドとギルドを結ぶ事が出来たらどうでしょう。しかもこの空間の中で、悪さは絶対出来ませんし、通行パスポートが発行されていない人は通る事ができないという安全なもの。そしてこの宿で休むと体力が回復するとしたら？　１人でも多くの冒険者の命が長らえるのではないでしょうか」

「……他の問題点もある。冒険者で潤っている宿屋も多い筈だ。その点はどう考えているんだ」

「まず僕の宿屋は高料金に設定します。ここに入る為に街の宿屋に１００回食事や宿泊したお客様にこのホテルの大浴場や喫茶店を公開し、１０００回で宿泊も可能という感じに、地域と協力体制を敷いた上でホテルを公開したいと思っています。ゆくゆくは会員制にとも考え中です。それにもし、ギルドとギルドを繋ぐ事が出来たら優良な冒険者が街を行き来出来、一般の宿も潤う筈です。それに街の協力的な宿屋にはこのホテルから料理方法の伝授支援、この宿の商品の取り扱いを許可する予定です。ギルドとしても優秀な冒険者が行き来できるのは、利益が出るのではないでしょうか？」

　黙って僕の話を聞いていたギルド長は、頭をガシガシしながら「それが出来たら末恐ろしいな」とボソっと呟きます。

「こういうのはうちの副ギルド長のヤンが得意なんだよ。だが聞いた限りでは、俺は賛成だ。一瞬で街と街繋げられるだと？　そんなの確実に王家にも目をつけられて持っていかれるじゃねえか。黙って指咥えてみているのは馬鹿臭え。……だがこの話乗るには条件がある。まずは商業ギルドとも話をつけろ。後はうちの副ギルド長もここの入館の許可が欲しい。最後に、実際に繋げる事ができる事を実証してみろ。どうだできるか？」

おお！　好感触です！

思わずレイナさん、ティアさんをみるとサムズアップしてくれています。これは是が非でも魔石の入手が必須ですね！

よおし！　のんびり過ごすためにもやってやろうじゃないですか！

……って気合い入っていたんですけどねぇ。

「っっっかぁ～！　美味え！」

「このポテチってやつがまた合うんだ、これが！」

「チョコレートもいける」

ええと、やっぱりこうなるんですよね……現在休憩所で酒盛り中の３人です。誰かというと大体想像つきますよねぇ。

話がまとまった後、ギルド長をお風呂に入らせようとしたんですけどね。喫茶店を出たら聞こえてきたんですよ。

「おい、ガレム！　こっち飲んでみろ！」

「うますぎる。なんだこれは？」

「だろう？　おいそっちはどんな感じなんだ」

「これはスッキリした飲み口の辛口だな」

「くぁあ～、それも試さねえと！」

この休憩所が酒盛り場になっていたんですよ。いや、2人もお金持って来ていたんですね。ええ、お気づきの通り、最初っから休憩所を目指していたガレムさんとザックさんです。

まぁ、酒好きが黙っているわけないと思っていたんですが、思ったより豪快に飲んでいます。空き缶が既に6缶くらい転がっています。なんせ地球の有名どころのメーカーが開発したビールですし、冷えてますからねえ。止まらないんでしょう。

当然、酒好きギルド長はその匂いを嗅ぎつけますよね。そして始まるビール祭り。なんせ銅貨2、3枚で1本買えるんです。「安いじゃねえか！」とギルド長もポケットに入っていた硬貨を使いまくっています。

ガレムさんとザックさんに、自販機の使い方とプルタブの開け方を教えなければ大丈夫でしょうと、思っていた僕が甘かったです。酒飲みの執念ですね。

床に座り込んで酒盛りを始める3人を見て、酒飲み用の休憩所が必要ですねぇ、と考える僕。レイナさんティアさんはいつもの事なのか構わずお風呂に入りに行きましたね。（ギルド長に繋いでくれたので、僕が料金出してますよ）

サーシャさん、グランのところに行ってましょうねぇ。見ちゃいけません。とグランのところに連れて行く僕。

「サーシャ、よく見てるから大丈夫だよ」

というサーシャさんですが、僕の精神安定上いて欲しくないのでグランに任せます。

僕はというと、この状況打開の為副ギルド長をまずは呼んで来ようと、正面扉からギルド長室に戻ります。すると、ギルド長室の机の上が書類だらけになっており、奥でカリカリカリカリ作業の音が聞こえて来るじゃないですか。

書類で人が見えなくなるなんて本当にあるんですね、と感心している僕に「誰かいるんですか？」と奥から声がかかります。

「突然に失礼します。あの、もしかしてギルド長を捜していらっしゃいませんか？」

「あの馬鹿の居場所がわかるんですか!?」

ガタタッと椅子を引いて書類の山から顔を出したのは、目の下にはっきりとした隈《くま》を作った人間の男性。背も高く顔も整っているだろうに、やつれているのと濃い隈で台無しになっています。

「教えて下さい！　あの馬鹿連れ戻して、書類作成させないと僕はまた家に帰れないんです……」

力なく頽《くずお》れて行くこの男性、多分副ギルド長ですよねぇ。いきなり現れた男に頼み込んでくるくらい切羽詰まっているんでしょう。原因を作った僕は、大変申し訳ありません！　という思いが込み上げて来ます。

「あれ？　ところであなた誰ですか？」

今になって気づいた男性に、改めて自己紹介とこれまでの経緯を説明します。すると……。

「ふむ、その話が本当ならば確かめに行くのはわかります。が！　あの馬鹿にはもっと仕事を与えねばなりませんね。わかりました、そこへ連れて行って下さい」

急に人が変わったように、キビキビと動き出します。あ、この部屋から行けますから！　ギルド長室を出ようとする男性を止めて、また更に説明をします。

「失礼しました。私はヤンと申します。31歳です。副ギルド長なんてものを押し付けられております」

ヤンさんはいきなり現れた僕の話を頭から馬鹿にしたりせずに、終始真面目に取り合ってくれます。いったいなぜ、と思ったら鑑定スキル持ちだそうです。僕のステータス見たんですね、納得。

理解が早く入館登録もすぐ様終えて、いきなり見えたであろう正面扉にも臆せずに入っていきます。出迎えたグランとサーシャさんの対応にも真摯に受け答えてくれるあたりプロです、この人。

そしてサーシャさんに連れられて喫茶店に着く前に、休憩所で酒盛りしているギルド長が目に入ったんでしょう。「ちょっと失礼します」とサーシャさんに一言入れて早足でギルド長の側に向かっていきます。

なぜかギルド長逃げて下さい、と思えるくらい怒りのオーラを背負っているのが見えたような気がします。

「さて、ギルド長。ここで何をしていらっしゃるのですか？」

「げぇ！　ヤンもう来たのか!?」

何やら雲行きが怪しくなって来た事を察した冒険者2人組は、ササっと自分の飲み物を持って移動しています。その辺は流石ですよね。

「ええ、ええ。誰かさんが居ない事をわざわざ教えに来てくれた方がいらっしゃいましたからねぇ。それにしても、自分の仕事を放り出して酒盛りとはいいご身分ですね」

「いや、ヤンこれはだな、検証というか確認というかだな……」

「ほう……、ここまできて言い訳しますか。ならばクレアさんに報告しなければいけませんね」

「うわっ！　お前そりゃ卑怯だぞ！」

「ほう、卑怯結構。酒盛りして仕事から逃げている卑怯者には敵《かな》いませんがね」

「はい、わかりました。戻りますよ、戻ればいいんだろ」

渋々腰を上げ「あ、お土産にもう一本だけ」と自販機に近づく諦めの悪いギルド長をひと睨みで撃退していきます。「ほらさっさと戻る！」と言ってギルド長をホテルから追い出していきます。

「くそお！　必ず時間取ってまた来るからなぁ！」とどこぞのチンピラのような捨て台詞《ぜりふ》を吐いて退場して行ったギルド長。

呆気に取られている僕らにヒョコッと顔を出して、

「詳しくは後ほどまた話しましょう。都合付き次第すぐに連絡させます。木陰の宿でよろしいですね」

とヤンさん。頷き返すと、「では後ほど必ず」と言って去っていきました。

ええと、とりあえず冒険者ギルド長には話が繋がりましたね。怒濤の展開でしたけど。次は商業ギルドですね。よし、一歩ずつ足場固めていきますよぉ！　と、その前に……まだ飲もうとしている2人を止めますか。

「はーい、お2人とも今日は終了です！」

僕が禁止を言い渡すと、ガレムさんやザックさんが自販機を何度も押しても動かなくなり、お金だけ戻ってくるようになりました。おお、グランナイスフォロー。

「トシヤ～、あと1本だけでも」と粘るザックさん。「今後買えなくなりますよ？」と脅すと「よーし、ガレムこの辺片付けるか」という切り替わりよう。ある意味凄い。

ガレムさんは割り切りが早く、缶をどうしたら良いか聞いてきます。とりあえずエアにトランクルームに入れて貰い片付けていると、丁度良く上がって来たレイナさん、ティアさん。

「トシヤがいると、この2人飲み過ぎないから良いな」

「そうねぇ、しかもうわばみだもの。手がつけられなかったのよねぇ、ありがたいわぁ」

確かに、あれだけ飲んでいてもケロッとしている2人。しかもそのまま「お風呂へ行くぞ～」「(頷き)」と仲良く行ってしまいました。本来お酒飲んだら止めるべきなんですけどね。まぁいいでしょう。

「そうだ、トシヤ。ポーターに本当に登録しないか？」

自販機でジュースを買いながらレイナさんが僕に提案して来ます。そういえば、そんな話ありましたね。

「そうすると、護りやすいのは確かなのよぉ。で、トシヤちゃんは一切戦闘に関わらないで、ホテルの中に居てくれるだけでいいから。最後に魔物収納してくれるだけでいいわ」

ティアさんは休憩所備え付けのコーヒーをカップに入れながら、補足してきます。それならできそうですけど、いいのでしょうか？

「ちょっと～、いいの？　って顔してるけど、これ私達の我儘《わがまま》よ。トシヤちゃんがいれば楽に休めるんだから、私達の方が得してるの！」

「だな。だから明日の招集にもついて来てほしいしな」

さりげなく明日の討伐にも参加を持ちかけられています。でも、そうなると気になるのはテラとセイロンパーティなんですよねぇ。どうなんでしょう？

「因みにテラは信頼してもいいパーティだと推そう。引き込んでもあいつらなら大丈夫だ」とレイナさん。

「あ、セイロンも大丈夫よぉ。あそこのリーダー私の舎弟だから」

いや、逆に心配になって来ましたけど……。でもそうですね、魔石集めるのに信頼できる協力者は多い方がいいですからねぇ。

「わかりました。やってみましょう」

僕の返事に「良し！」と安堵の表情をする２人。

あ、でも約束あったんでした。ジーク君とドイル君の約束の日までに帰ってこれますかね？

みんなの認識ではそう時間がかからないだろうという事で、僕もポーターとしてついて行く事に決めたんですけどね。

行くまでが結構大変でした……。

まずはギルド長室を出る時ですかね。僕らがホテルから出てゲートクローズした時のギルド長の「あああ!!」から始まります。

「ここにずっと出していて良いんだぞ」

「そんな事言ってる暇があったら手を動かす！」

下心満載のギルド長に釘を刺すヤンさんとの攻防を潜り抜けて、

「ゲートは普段は木陰の宿ですが、明日から討伐について行くので来ても入れないですよ」

と言うと、俺も行くと言い出すギルド長。これにはヤンさんぶち切れましてね。静かにギルド長を言葉でしめ殺して行く様は、この人は怒らせてはいけない人だとみんな認識しましたね。……最後まで抵抗するギルド長も大したものだと思いましたが。

そして冒険者登録をヘレナさんの窓口で行い、これで僕は商人と冒険者を兼業する事に。ついでにクライムパーティに入る事にもなりました。メンバーの皆さんは僕がパーティ登録した時、ガッツポーズ密かにやってたの見えてましたよ。僕で良いのですかねぇ。

で、木陰の宿に戻って来たじゃないですか。扉を開けた途端、「「うわぁぁあん！」」とライ君、リルちゃんの泣き声が。う〜ん、また僕のせいでしょうか？

で、やっぱりホテルに行こうとしたら扉がないと言う事で、驚いたのと行けなかったのでずっと泣いていたそうです。召喚しちゃいましたしねぇ。

僕の足にへばりついて離れないライ君、リルちゃん。またもや、ぎゅーとされるのは嬉しいのですが、歩けない……。必死に足を動かして、召喚する場所である木陰の宿1階に移動し、扉を出すとやっと離れてくれました。「羨ましいわぁ」というティアさん。いやいや、僕は足がもうパンパンですよ。代わってくれて良かったのですよ？

まあ、ここまでは何とかなりました。問題はこの後にありました。

「え？　トシヤ兄もついて行くの？」

「あらぁ、じゃあ私達お風呂どうすれば良いのかしら？」

「ちょっと！　トシヤさん置いていきなさいよ！」

「無理して行かなくて良いんじゃない？」

ええ、女性陣を納得させるのに骨が折れました。結局は後日、喫茶店で食べ放題をつけてやっと折れてくれましたけど。いや、いいんですよ、僕の心配よりお風呂や喫茶店の立場が上だって……くすん。

そして意外にもゼンさんがごねています。

「やっと、やっと出してくれたのになぜ毎日楽しめないんだ！　駄目だ！　トシヤ君は出張扉が出るまで外出したら駄目だ！」

「そうだ！　そうだ！」

リーヤまでゼンさんの応援にまわっています。いや、ニヤけているから楽しんでますね、あれは。出張扉は魔石10万個ですよ？　僕、外出相当我慢しなきゃ行けないじゃないですか。仕方ない。この2人にはキイの出番です。

「新たなレシピを公開しましょう」

それだけでピタッと止まるんです。キイ様様です。ふう、これで明日まではゆっくり出来ますね。

……なんて思っていました。

来館出来る人が増えたらどうなるか。

「このアイスってやつも上手いな！」

「チョコミントハマる」

今度はアイス自販機に突撃しているガレムさん、ザックさん。楽しんでますが、この2人の胃袋はどうなっているんでしょうね。

「ここのトイレは良いものだ」

「トシヤちゃんがいるとこれから野外のトイレも心配いらないわね」

休憩所のリクライニングチェアで、まったりくつろぐレイナさん、ティアさん。満喫してますねぇ。

「このビーフシチューってウチで作れないかな、キイさん」

「今はまだ難しいかと存じます。ピザならアレンジが効きますが如何ですか？」

「ああ、あの平たい丸いパン！　アレも美味しいよなぁ」

「例えばお肉をメインにして……」

喫茶店では休憩の度にくるようになったリーヤがキイと話しています。ちょこちょこゼンさんも来てるみたいですね。

「あははは！　リルみっけ！」

「みつかったぁ」

「後はライとサーシャだな」

こちらでは館内かくれんぼ遊び中のミック君、リルちゃん。ライ君、サーシャさんも一緒に遊んでいるみたいですね。ミック君達は今日のお仕事終了したみたいです。楽しそうですねぇ。

そして現在お風呂場ではカルナさんがゆっくり入っているみたいですね。今日は宿の方はお客が少ないので、エルさん、メイさん、フランさん、ゼンさんで回しているみたいです。四人共「仕事終わったら絶対行くからね！」（エルさん談）って言ってたみたいです。

うん、こうしてみると賑やかになって来ましたね。まぁ、基本僕はやる事ないのでゆっくり出来てますが、気分の問題です。

静かな場所もほしい。贅沢ですかねぇ。

そういえば気になるといえばもう1つ増えていたんですよ。

【名称】亜空間グランデホテル
【設定バージョン１】１・カプセルホテル　Ａタイプ
　　　　　　　　　　２・カプセルホテル　Ｂタイプ
【バージョンアップ】０／１０００（魔石数）
　　　　　　　　　（ビジネスホテル　Ａタイプ）
【限定オプション店】喫茶店
（漫画喫茶〈喫茶店に併設〉ＭＰ４万５０００）
《コンビニエンスストア　ＭＰ５万》ＮＥＷ！
＊ビジネスホテル　Ａタイプ開放時に購入可能

今朝増えていたんです！　これ凄くないですか!?

確かにビジネスホテルにコンビニついてますからねぇ。でも5万ですよ……MPポーションみたいなの存在しているかなぁ。後で聞いてみましょう。また魔石獲得が必要になってきました。

「でも、これはまだみんなにバラさない方が良いでしょうねぇ」

「トシヤ兄？　なんの話？」

え？　僕声に出してました？　って言うかエルさんいつの間に来ていたんです？

「休憩に入ったから来て見たら、トシヤ兄フロントで唸っているんだもん。様子見にくるでしょ」

これは、またもや僕の悪い癖が出てしまったが故ですね。つい独り言を言っちゃうんですよ。

「ああ、それは失礼しました」

「で？　何隠そうとしてたの？」

エルさんが笑顔で僕を追い詰めます。ああ……これはもう隠せませんね。

追加限定設備の事を話しますと「何それ？」になるのは当然です。そこで止めておけば良かったんですよ。グランが詳しく話し始めるじゃないですか。そして、みんな集まって来ること集まって来ること。結果……。

「ええっ！　美容用品が増えるの？」

「まああ！　聞き捨てならないわ！　エルちゃん」

「ティアさん！　お願い！　魔石いっぱい取って来て！」

「甘い物が増えるのか？」

「酒の種類が増えるって？　ガレム!!」

「明日気合い入れて行くぞ」

レイナさん、ザックさん、ガレムさんはそれぞれ好物が増える事に興奮しているじゃないですか。

「グランさん、調味料が増えるって!?　ええ！　簡単にスープが出来る物が手に入るのか！」

リーヤまでグランに詳細を聞き出しています。

「おかしがふえるって！」

「どんなのがあるかなぁ」

「種類いっぱいあるんだって!?」

「うわぁ！　全種類食べたいねぇ」

こちらはのんびり子供組。ほっこりします。

僕といえば、コンビニって本があるんですよね！　雑誌も！　と内心はしゃいでいるんですよねぇ。

夜に仕事が終わった木陰の宿の成人組とお風呂に入っていて聞き逃したカルナさんの興奮ぐあいも凄いものでした。

クライムメンバーに心から「頑張って来て！」と声援を送る木陰の宿のメンバーとギルド長。あ、遅くにギルド長また来たんですよ。抜けて来たんじゃないことを祈ります。

「よーし！　今日は頑張って来るぞ！」

レイナさんの掛け声に「おお！」と応える僕ら。気合いの入るクライムメンバー達とみんなの心が1つになった瞬間でした。

でもそんなこんなでもう日付け変わっているんですよ。もう数時間後に出発なんです。とにかく後はグラン達に任せてオーナールームに駆け込む僕。

なんかやっぱり忙しなくすぎた異世界5日目でした。


――数時間後――

ビビビビッッ!!

……遠くで何か鳴っています。……ああ、起きないといけないのですね……いや、もう行かなくて良いんじゃないですか……そうですすよ、僕なんか行かなくても……。

「ぐはぁっ!!」

何かが僕の上に飛び乗って来ました！

「「おきてー」」

え？　この声はライ君、リルちゃん？

「げほっげほっ……なぜに君たちがここに？」

僕の上でキャッキャと楽しそうに転がっているライ君、リルちゃん。僕の疑問にはエアが答えてくれます。

「おはようございます、オーナー。起床時間でございます。なかなか起きて下さらないので、昨日スタッフルームに泊まったライ様、リル様にお手伝いをして頂きました」

「いや、お手伝いって……というかミック君、サーシャさんはわかりますが、何でライ君、リルちゃんも？」

「ライいたらだめ？」

「リルもだめ？」

僕の上でシュンとする2人。いや、そういう意味ではないですよ！

『因みに、スタッフルームに関しては、スタッフのお客様がお泊まりになる分には無料でございます。当然ご両親の許可を得た上でのお泊まりとなっております』

僕の考えを読んだのかエアが答えてくれます。まぁ、ミック君もサーシャさんもまだ小さいから、この2人と一緒でも大丈夫でしょうし。いや、それは良いんですけどもしかして……。

「エア、現在の入館者を教えて下さい」

『はい、現在スタッフのミック、サーシャ、ライ様、リル様を抜かした人数は9名。大浴場を利用して今お帰りになるカルナ様、エル様、メイ様、フラン様と現在喫茶店を利用中のレイナ様、ザック様、ガレム様、ティア様。現在休憩所のリクライニングチェアでお休み中のギルド長ブライト様が入館しております』

なんと、昨日からいた人達がほぼいるじゃないですか。ギルド長まで……帰るの面倒になったんでしょう。というかクライムメンバーも休憩所に泊まったんですかね。これは早く客室作らないといけませんね。

「ハッ、こうしちゃいられません！　すぐに着替えます。ライ君、リルちゃん起こしてくれてありがとうございました。着替えますから部屋のお外で待っててくれますか？」

「「はーい」」

うん、良いお返事です。ライ君、リルちゃんは、ぴょんとベッドから降りてタタタッと部屋の外へ向かいます。猫獣人さんですもんね。身軽です。

僕は素早く着替えて朝支度をし、オーナールームの外へ出ます。丁度木陰の宿の女性陣が靴を履き替えているところです。挨拶に行きましょう。

「皆さんおはようございます」

「あ、トシヤ兄」

「「おはよう」」

「ふふ、まだ眠そうねぇ」

「皆さん凄いですね、もう動き出しているんですから」

「宿屋は朝早いの慣れてるからね。じゃトシヤ兄、ライとリルも宜しくね」

ん？　ライ君、リルちゃん？　エルさん何の事ですか？

「昨日もねぇ、もう泣いて泣いて手がつけられなかったの。そしたらグランちゃんが『このホテル内は絶対安全です。お任せ下さいませ』って言ってくれるから甘えさせて貰う事になったのよ」

カルナさん、それいつの話です？　え？　グラン？　僕が不思議そうな顔をしているとグランが話し始めます。

『昨日、ライ様、リル様のご希望によりサーシャ、ミックと一緒にしばらく当館にてお世話する事になりました。まだ小さい2人には館内に慣れて頂き、設備のご説明の補助を担って頂くご予定でございます。当面ライ様はキイが、リル様は私がメインとなってお世話させて頂きます。後はオーナーの許可さえ頂ければ準備は整っております』

なんと、君達もライ君、リルちゃんに絆されちゃったんですか。可愛いし、癒されるから僕は良いんですけど。

「ライ君、リルちゃん、お父さんお母さんとちょっと離れる事になるけど大丈夫ですか？」

「ライへいき！」

「リルも！」

僕が最終確認しても元気に応える2人。するとエルさんから「その2人、普段からミックとサーシャと寝てるから、かえってミック達と離す方が大変なんだ」と補足情報が。……それは仕方ないですねぇ。

「わかりました。きちんと預からせて頂きますね」

「ごめんなさいねぇ。でもみんなの言う事聞くように言い聞かせてはいるのよ。なんとか宜しくお願いします」

とカルナさんがお母さんの顔で僕にお願いして来るんです。まぁ、心配ですよね。でもお任せ下さい。ウチの子達は優秀ですから。

「しっかり見ておきます」

カルナさん達を見送りした後、ライ君、リルちゃんを連れて喫茶店へ。カランとドアを開けると……。

「「おはようございます」」

とミック君やキイを始め、クライムメンバーからも挨拶で迎えられます。僕も挨拶を交わし席に着くと、ミック君がいつもの朝食セットを持って来てくれました。いやぁ、このタイミングは嬉しいですねぇ。

みんなは既に食べ終わりドリンクタイム。僕も話しながらも急ぎ食べます。

すると「いやぁすまん。泊まらせて貰ったわ」とギルド長が起きて来ました。

ギルド長も僕が食べているのを見て、同じ物を注文し食べ始めます。食べながらよくよく聞いて見るとやはり抜け出して来たギルド長。本人は笑って「いつもの事だ」と言っていますが……これは冒険者ギルドに着いたら怒りのヤンさんが待っている事は予想がつきます。飛び火が来ないように早く出発した方が良さそうですねぇ。

僕が最後に食べ終わると、みんなで動きだします。

「「行ってらっしゃいませ！」」「「いってらっしゃいましぇ」」

笑顔のサーシャさんとグラン、ライ君、リルちゃんに見送られ、宿から冒険者ギルドへ。

まだ薄暗い中、道中はワイワイと昨日の事で盛り上がっています。ギルド長もみんなに魔石いっぱい持って来るよう、声をかけていますね。そんなギルド長ですが、やはりギルドが近づいて来ると静かになって来ました。

冒険者ギルド前に着くと、ギルド長の足がピタッと止まるじゃないですか。それもそのはず。よく見てみると、ギルドの入り口でヤンさんが仁王立ちしています。

「よくぞ戻ってこれましたねぇ、お気楽ギルド長。さぞ昨日はお楽しみだった事でしょう」

ヤンさん笑顔で言ってますが、それが余計に怖いです。

「いや、あのな……」

「さ、行きますよ」

「はい」

言い訳しようとしたギルド長の言葉に被せて来るヤンさん。有無を言わさずギルド長を連れて行きます。あの人また帰れなかったんでしょう。ギルド長死ぬ気で頑張って下さい。

そんな哀愁ある2人の背中を見送っていると、他のパーティも集まって来ました。そうそう、ちゃんと正面玄関に馬車と馬車の中に軽食も用意している事も言伝《ことづて》して行ってくれました。働き者ですねぇ、ヤンさん。是非見習って下さい、ギルド長。

そんな事を思っていると、既に3パーティで予定を話しあっています。おお、僕も聞いておかないと。

一応ギルド長も仕事してたんですよ。クライムメンバーに討伐場所や規模の詳細を伝えていたんです。ですからメインはクライムパーティになるそうです。

予定としては、スレイプニル馬車で半日かけて現地に行き、着いたら斥候を派遣して規模を掌握。翌日早朝に討伐に動き出すそうです。今話しあっているのは、道中の御者を誰がやるかというもの。スレイプニルは、ゴブリンくらいなら走りながら倒してしまう機動力ある馬種。後は援護が出来る魔法使いが御者に適しているそうですよ。

で、結果クライムからティアさんとセイロンから獣人女性で魔法使いのケニーさんが最初を務める事に。2時間毎休憩を挟んでテラの魔法使い青年グレッグさんと交替しながら行くんですって。で、スレイプニル馬車は12人乗りなんですけど……空間拡張されていてもこの人達が乗ると狭いでしょうねぇ。この中に半日……皆さん慣れていても僕はきつそうです。ここはもう、エアを持ちながら皆さんを入館登録と行きましょう。

僕は「初めまして」と一人一人に声をかけながら、名前と年齢を聞いていきます。まとめるとこんな感じです。あと、僕から見た外見の感想付き。


〈テラ〉
・ボルク（22歳）男性　リーダー　青い髪で精悍な顔つき。人間、剣士。
・グレッグ（22歳）男性　火と水の魔法使い　緑の長髪、整った顔でモテるでしょうね。人間。
・スレイン（19歳）男性　斥候　安心の普通顔で明るい茶髪の普通体型。狼獣人。
・ジェイク（20歳）男性　盾使い　筋肉質の大柄体型、黒髪で漢らしい熊獣人。

〈セイロン〉
・ゼノ（20歳）　男性　リーダー（ティアさんの舎弟）　筋肉が凄い大柄体型、紫の髪で顔に傷持ち男前。盾使いの獅子獣人。
・ケニー（18歳）　女性　雷と光の魔法使い　小柄で金髪ショートヘアの可愛らしい犬獣人さん。
・ハック（24歳）　男性　斥候　細身体型の安定の優しそうな顔で、狐獣人。
・ヒース（21歳）　男性　剣士　程よく筋肉がついたグレーの髪の色男。寡黙な狼獣人。

って感じです。すみませんね、雑な紹介で。これから親しくなっていけばもっとわかるでしょうからお待ち下さい。あ、因みにレイナさんは剣士で、ザックさん斥候、ガレムさん盾使いらしいですよ。僕知りませんでしたけど。

さて後は馬車内の空間にゲートを召喚させて貰って、と。

僕が何をやっているのかわかるクライムのメンバーは、魔力登録に一役買ってくれます。皆に乗る前にエアに指で触ってから入るよう促してくれたんです。まぁ、怪しまれましたけどね。

馬車に入ったら不思議な扉がある事に皆さん驚きの声を上げながらも入館完了。

唯一内情を知らない御者席にいるケニーさんは「え？　なに？　どうしたの？」と不安な声をあげていたんですが、ティアさんが上手くフォロー。宥《なだ》めながらようやく出発しました。

さ、道中皆さんを歓待しましょうか。

「皆さん！　説明致しますので、こちらに注目して下さい！」

入館後ざわざわと辺りを見回したり、馬車の方へ戻ろうとしたりするテラとセイロンのメンバー達。まあ、当然の反応だと思いますが、まずは説明をさせてもらおうとみんなに声をかける僕。

「とりあえずいきなり連れて来てしまい失礼しました。ここは僕のギフトの亜空間グランデホテルの中、正面玄関に当たります。正直、長時間馬車の中にこの人数が入るとギチギチになると考えここにお連れしました。そしてこの空間の中は僕が許可した人しか入れません。ですから安全な空間となります。因みにこの空間は宿屋の機能しかありません。皆さんに害を与える事はありませんので、ご安心下さい。ここまではご理解頂けたでしょうか？」

まだざわざわとしながら顔を見合わせるテラとセイロンメンバーの中で、まず言葉を発したのはテラのリーダー、ボルクさん。

「危険がないのはわかったが、移動している馬車からこの空間が離れる可能性はないのか？」

「その点につきましては、馬車内の空間にこのギフトを召喚しましたので馬車が移動していても離れる事はありません」

僕が答えた後、次に声をあげたのはセイロンのリーダー、ゼノさん。

「この空間にいても外の様子はわかるのか？」

「この空間には僕の優秀な仲間がいます。その仲間が馬車の様子を逐一見張っています。何かあってもすぐにお知らせはできます」

僕からの答えを聞いて、テラのリーダー、ボルクさんがみんなに向けて話しかけます。

「クライムの反応を見る限り、ここはおそらく害のない空間だろう。だが、全員がこの場所に入ると外に危険が差し迫った時にすぐ動けない。それに俺は不確定なところにみんなの命を預けるのはごめんだ。だから提案する。まずは各パーティから1人代表者を出して、この空間を検証するのはどうだろう？　残りのメンバーはとりあえず馬車に戻って貰うがな。ウチからは当然俺が検証班に入る」

なるほど、流石はAランクですね。まずは検証ですか。その確実に叩いて渡る精神は素晴らしい！　と僕がうんうん頷いていると、セイロンのリーダー、ゼノさんからも声が上がります。

「なら、ウチからは俺だな。ティアさんは信頼しているが、お前はわからん。メンバーの命を預けていいか俺が見極める」

なんとも格好良いじゃないですか。リーダーってこういう人達がなっているんですね。

「なら、馬車には私が戻ろう。戻ったメンバーだって聞きたい事はいっぱいあるだろうからな」

おお！　ウチのリーダー、レイナさんも格好良いじゃないですか！

「なら俺も戻ろうか。レイナだけだと答え切れない場合もありそうだしな。ガレムはトシヤの側にいろよ。俺らの専属護衛の対象なんだからよ」

ザックさんがまた情報を明かすものですから、よりざわざわする皆さん。リーダー2人も僕を見ています。僕は説明しますからと言う意味を込めて頷いて見せます。

「良し、まずはみんな一度戻って貰えるか？　きっちり判断してくるからよ」

ボルクさんの言葉に「頼むぞ、リーダー」と言って戻って行く面々。信頼あるんですねぇ。じゃ、こちらも信頼してもらいましょうか。サーシャさん、ライ君、リルちゃんも待機してますし。

「では改めてボルクさん、ゼノさんようこそ亜空間グランデホテルへ。まずは紹介します。ウチのフロント見習いスタッフのサーシャさん、更にお手伝いのライ君とリルちゃんです」

僕に名前を呼ばれて頭を下げるサーシャさん。それを見て真似るライ君にリルちゃん。可愛すぎます。

「そして僕の優秀なスタッフ、フロントのグランです」

『ようこそ！　亜空間グランデホテルへ！　総合受付責任者のグランと申します。当ホテルは現在大浴場、喫茶店、休憩所をご用意しております。快適にお過ごし頂く為、何かお気づきの点がありましたらいつでもお申し付けくださいませ』

ホテルから聞こえる声に、キョロキョロする2人。もはや初入館者の恒例ですね。そしてエアを見せながら紹介します。

「そして僕の相棒とも言うべきエアです」

『お初にお目にかかります。オーナーの補佐をしておりますエアと申します。是非お気軽にご不明な点はお問い合わせくださいませ』

エアの挨拶にも驚く2人。

「ここは建物が話したり、板が会話したりするのか？」

「正確にはフロントとこのタブレットが会話しています。あと、喫茶店にももう1人キイという会話をする存在がいます。まぁ、そういうものだと思って下さい」

ボルクさんが驚くのも無理はありませんね。でも慣れてきたらとても助けになる存在ですからね。早く馴染んでもらうよう努力しましょう。

「おいおい、建物が喋るのかよ。それって監視もされてるって事だろうが」

なかなか鋭い所ついて来ますね、ゼノさん。そこはグランがすかさずフォローに入ります。

『ご安心下さいませ。休憩所、脱衣所、大浴場、またこれから用意する客室に関して、個人の尊厳を尊重致しますのでご安心下さいませ』

うん、これはこう言うしかないですからね。危ない時にすぐ気付けるようにしておくのもホテル管理の一環ですから。

「そうか、と言うしかないな、今は。済まないが先を案内して貰えるか？」

少し疑っているゼノさんの肩をポンと叩いて、提案をするボルクさん。その言葉を聞いて、待ってましたと言わんばかりに動き出すサーシャさん。

「ではまずは当館の説明を致しますので、喫茶店へとご案内致します。どうぞ、こちらへ」

そう言って先に歩き出すサーシャさんの後に、「どーじょ」とライ君、リルちゃんも手で促します。これには参ったのか、顔を見合わせて笑うボルクさんにゼノさん。ウチの癒し要員がとても良い働きをしてくれていますね。

カランカラン、という鈴の音が響く喫茶店にキョロキョロしながら入る２人。

「「いらっしゃいませ！」」と挨拶で迎えるミック君とキイ。

今回は２人の為カウンター席に案内するサーシャさん。ライ君、リルちゃんは大人しくテーブル席についています。おお！　成長している！

そして恒例の初入館キャンペーンの内容をミック君が伝えます。メニューの見やすさに驚き、注文した飲み物が一瞬で出てくる様にも驚く2人。ただし、かなり感情を抑えていますね。完璧には気を許していない証拠です。

そしてサーシャさんも入館キャンペーンの内容を2人に伝えます。うん、更に流暢になって来ました。素晴らしい！

サーシャさんの話を最後まで聞いてから、2人は顔を見合わせて、テーブル席に座っている僕の方へ振り返ります。代表してボルクさんが話し始めます。

「それじゃ、今度はなぜ俺らをここに連れて来たのか教えて欲しい」

確かに気になる点でしょう。真面目な顔で聞いて来たボルクさんにゼノさん。大丈夫、しっかり答えますよ。

「実は、このギフトは成長する宿で、その為には魔石がかなり必要となってきます。僕はこの通り戦闘能力はありません。その為協力者の必要性を感じ、クライムの皆さんに相談した結果、お二方のパーティーの名前が浮かびました。正直に申しますと、専属契約に近い事をお願いしようと考えております。勿論魔石に関しては買取させて頂きますし、この話に乗って下さるなら年間入浴無料パスポートを進呈させて頂きます。ここまで質問はありますか？」

僕の言葉に考え込む2人。

「はっきり言わせて貰うと、答えはわからないだ。確かにすごいギフトだとは思う。だが、パーティ全体に関わってくる事だ。全員の意見が欲しい案件だな」

「俺の方も同じ意見だ。ただ凄えギフトだ、という事には同意出来るがな」

ボルクさんの言葉にほぼ同意するゼノさん。うん、そうでしょうね。それならば……。

「正直なところいきなりの展開ですし、無理を言っているのもわかります。ですからこの依頼の間、お試し期間として、利用してみませんか？　料金はこちら持ちにさせて頂きます」

またもや顔を見合わせる２人。

「話はわかった。一度施設全体を見せてくれるか？　全体を検証してからみんなと相談したい」

ボルクさんの言葉にゼノさんも同意していますね。やっぱり良いですねぇ、この２人。パーティ想いですし、慎重さがあります。これは是非引き込みたい逸材です。

サーシャさんには悪いですが、この２人は僕とエアで案内させて貰いましょう。

サーシャさんを呼んで、今回は僕に説明させてくれるよう頼むと、残念そうな顔をしながらも「じゃあ、後ろから見てていい？」と言ってくれました。勿論ですとも！　と了承をし、ボルクさん、ゼノさんにも全体をまず案内する事を提案します。

そして喫茶店で頼んだ紅茶を２人が飲み干してから、案内を開始します。

まずは大浴場です。男性用脱衣所と大浴場を見せた時には、

「「うおお!!　凄え！」」

という２人揃った野太い声を頂きましたよ。好感触ですね。

洗い場の使い方、サウナの使い方、お風呂の使い方を説明する頃には２人に自然な笑顔があった

のは嬉しいですねぇ。

そして休憩所の椅子の座り心地を確かめて貰い、自販機の使い方を説明します。やはりと言いましょうか、ビールの自販機に目が行く2人。これは今日の夜に1本はサービスしましょうか。

ポテチとジュースにアイスを人数分買って、待っている人たちへのお土産にしましょうと言うと、2人とも感謝を伝えてくれます。そして最後に宿泊施設をお見せしましょう。

「エア、僕の魔力量いくら残っていますか?」

『現在MP4万7654となっております』

「では客室2部屋、用意出来ますか?　サイズを大きめに出来ますかね?」

「客室はこの世界の人の体形に合わせ大きめに作られておりますので、ご安心くださいませ。では客室用カプセルルームタイプAを2部屋用意させて頂きます」

エアが言い終わると休憩所の壁側に広めの通路が出来、右側通路の壁に扉ができています。

これには流石の2人も「何が起こったんだ?」と態度に出して驚いています。

さて、僕も初めて入りますが、どうでしょうね。

「ボルクさん、ゼノさん。ここが今日宿泊予定の皆さんの部屋となっています。どうぞ入って確かめてみてください」

ガチャッと客室扉を開けて2人を中に迎え入れます。

「なんだこの不思議な空間は?」とじっくり調べるボルクさん。僕も見て見ると、どうやら最初のオーナールームよりかなり大きくなってます。横長の入り口で、上下3つずつのカプセルベッドが左右に1つずつ配置されています。通路奥には備えつけの大きめクローク付き。ベッドの間の通路もかなり広めにとってますね。

「中に入って寝心地や雰囲気を確かめてみてください。皆さんの体格でも大丈夫でしょうか？」

僕の提案にすぐに下のベッドスペースに入って確かめる２人。

「うおっ！　やわらけえ！　なんだこのベッド。気持ち良すぎないか？」

ゼノさんはうつ伏せになって手触りまで確かめてます。尻尾がぶんぶん振られていますからよっぽど良いのでしょう。

「しかも体格の良いお前の足が出てないぞ、ゼノ。少々狭いが苦しい程でもないし、むしろなんか心地よい感じがする」

ボルクさんはベッドに腰掛けながら確認をしています。そこにエアが補足情報を付け足します。

『就寝の際には入り口上部に設置されているロールスクリーンを下ろして下さいませ。その状態ですと、消音、防臭効果が発揮され、空調も適温になり、快適な状態での睡眠をご提供しております』

エアの案内にロールスクリーンを下ろす２人。そして勢いよく開けて向かいにいるゼノさんに声をかけるボルクさん。

「ゼノ！　俺が叫んだの聞こえたか？」

今、ロールスクリーンをあげたゼノさんは「ん？　なんか言ったのか？」と聞き返しています。

それを聞いたボルクさんは本気でガッツポーズを取っています。どうしました？

「……これであいつらのいびき地獄から解放される……！」

ああ、これはかなり苦労をしていたんですねぇ。テラにはこれも交渉材料になりますかね。

ゼノさんはご機嫌でベッドにゴロゴロ転がっています。セイロンも宿泊施設での交渉が鍵でしょうかねぇ。

かなり警戒心の取れた２人に声をかけ、これで大体の施設をお見せした事を伝えます。ガバッと起き上がり、

「よし！　アイツらにも体験させよう！」

「そうだな。よし、交替制で中を体験させて皆の意見をまとめるか」

かなり乗り気のゼノさんの言葉にボルクさんも同意しています。

良し！　先ずはリーダーは好感触です！

ほかの皆さんにも気合いを入れてサービスしましょうか。


「みんな悪かったな。待機させて」

正面扉から馬車内に顔を出すボルクさん。途端に「おお!!」と騒ぎ出す馬車内の面々。ん？　なんか雰囲気が変わった感じですね。

「で、リーダー！　どうだった？」

テラの斥候役のスレインさんがワクワクしながらボルクさんに聞いて来ます。

「俺達が今度は馬車に残って警戒する。みんなも自分の目で見て来てくれ。それからメンバー同士で話し合い結論を出す事になった」

「「「いよっしゃああ！！！」」」

なんと、思ったより待機メンバーのテンションが高いです。寡黙なセイロンの剣士ヒースさんとテラの盾役ジェイクさんも黙ったまま片手でガッツポーズをとっています。

意外にもテラの魔法使いの色男グレッグさんの反応がいい。結構乗ってくれる人なんですかね。

セイロンの斥候ハックさんとスレインさんはハイタッチしてます。斥候同士気が合うんでしょう。

ただ騒ぎすぎて御者席のティアさんとセイロンのケニーさんが、スレイプニルを止めて中の様子を見に来る事になっちゃいましたけど。

丁度良いという事で、御者がレイナさんとゼノさんに代わり、ケニーさんとティアさんもホテルに行く事に。馬車内にはボルクさん、ザックさん、ガレムさんが警戒する事になりました。

他の皆さんは亜空間グランデホテルにご案内です。

さあ再度入館の皆様にグラン、サーシャさん、ライ君、リルちゃんがご挨拶です。

「これがグランさん……」とハックさん。「きゃー可愛い！」とはしゃぎ出すケニーさん。「靴替えるんだよな」とテラの魔法使いグレッグさん、スレインさん、大人しく同じように行動する盾使いジェイクさん。じっくり観察するヒースさん。

皆さんなんて言うか馴染むの早いですねぇ……理由を聞いて見たらケニーさんは「ティアさんが

いっぱい教えてくれました」という事らしいですし、他の皆さんはザックさんとレイナさんに待っている間自慢話を聞かされたから、だそうです。

クライムが良い仕事してくれました！　おかげで案内がスムーズなんです。

喫茶店に案内してもそれぞれがメニューを見て、意外にもコーラを頼む人が多かったり（これはザックさんの影響ですね）、女湯脱衣場から「きゃああ！　これね!!」と黄色い歓喜の声が響いたり（ティアさん熱弁しましたね）、自腹を切ってパフェを食べるテラの盾使いジェイクさんの姿があったり（レイナさん……）。

皆さん自由です。でも僕こんな風に楽しんで利用してもらえるのがなにより嬉しいんです。

そしてテラもセイロンも子供好きみたいです。サーシャさんと女子同士手を繋いで案内して貰っているケニーさんや、ライ君、リルちゃんを肩車して見て回るスレインさんやグレッグさん、ライ君達を優しい目で見るヒースさんの姿が見えます。

因みにハックさんはミック君とキイと3人でおしゃべりしてます。

良い感じですねぇ。それぞれが自分達のペースで大浴場も宿泊施設も見た結果、あちこちで「うわぁ！　凄え！」とか「俺の足が出ないベッドがあるなんて……！」と感激したりする声続出。

「凄え！　冷えたエールが買えるんだってよ！」

「これか！　ザックさんおススメの酒は！」

しかし一番人気はやっぱりビールのようでワイワイ専用自販機前で騒いでいます。

そんな中ヒースさんが、慣れた手つきで休憩所のコーヒーを飲んでいたり、サーシャさん、ライ君、リルちゃんに囲まれたケニーさんがアイスの自販機前でほのぼの雑談していたりとマイペースな面々もいらっしゃいました。いやぁ、賑やかです。

余りにものんびりしていたので、スレイプニルの1回目の休憩場所に着いたと館内に呼びに来たボルクさんとゼノさん。メンバーが思ったより馴染んでいて呆気に取られています。あ、今スレイプニルの警護はクライムがしているそうですよ。

で、せっかくだからと喫茶店に集まって話し合うテラとセイロンパーティ。テーブル席にそれぞれパーティ毎に座り、ワイワイガヤガヤと話しあっています。

僕とティアさんはカウンター席に座り、ミック君とキイと雑談。サーシャさんはグランのところに、ライ君はスレインさんの膝の上、リルちゃんはケニーさんの膝の上にいます。馴染んじゃいましたねぇ。しばらくして……。

「セイロンは結論出たか?」とボルクさんが隣のテーブルに聞くと「とっくに出てるよ、そっちは?」と言う声が聞こえてきます。

テラとセイロンの答えが出たみたいなので振り向くとボルクさんが報告してきます。

「テラの全員がこの施設が気に入った。魔石を集める手伝いをすると約束しよう。だが、こちらからも1つ条件がある」

条件きましたか……お金だったら帰ったら稼がなければいけませんねぇ、と考える僕。

「俺達も専属護衛契約する事、これが条件だ」

意外すぎる条件です。しかしボルクさんがその事を言ったすぐ後にゼノさんも声を上げます。

「ちょ～っと待った！　その専属護衛契約は俺達も条件だ！　と言うか、狡いぞ！」

「先に言ったもの勝ちだろう」

とゼノさんとボルクさんが言い合いしていると、それに参戦してくる他のメンバー達。あっという間に騒がしくなる喫茶店の様子にティアさんが一言。

「あらぁ、トシヤちゃん人気者ねぇ」

いや、多分それ違いますから。グランやサーシャさん達のお手柄でしょう。

まぁそんなこんなで、結果テラとセイロンとも専属護衛契約を結ぶ事になった僕。Aランク2組にBランクですよ……凄い事になりました。

僕が了承すると「「「「よっしゃあ!!」」」」と沸き上がる歓声。あちこちでハイタッチや、ライ君が持ち上げられたり、リルちゃんが抱きしめられてキャッキャと言ってたり。本気で嬉しそうですねぇ。

2組共クライムと同じく、入浴・宿泊年間無料パスポートで契約してくれるそうです。いや、有り難いですけどね。なんとなくそれだけで良いのかなぁ、と思う僕。

まぁ、なんらかの感謝は後々伝えていけば良いでしょうね。

その後は、クライムからセイロンが入れ替わって御者や警戒をしながらスレイプニル馬車は順調に進みます。移動中警戒を代わるテラのメンバーやサーシャさんやライ君達とホテルで遊ぶそれぞれのメンバー。

よりスムーズに進み、あっという間に目的地に到着。

ここからは冒険者として本領発揮の全メンバー。各パーティから斥候役が下見に派遣されます。戻ってくるまで交替で周りを警戒しながら、それぞれ打ち合わせに入っています。

そして1時間後、斥候役3人が無事に戻って来て報告。

「オークキングがいた」

と言うザックさんの報告にピリッとする空気。

「規模は約300、捕まった人間はいたようだが生きている様子はない」

スレインさんの言葉の後に補足するハックさん。

「周りが高台になっていて、集落が見やすい。派手に魔法をぶちかまして攻撃もできる」

と地理的な情報も付け加えています。それを踏まえて作戦を立て直すリーダー達。あ、僕は遠くから見てるだけですよ。あそこにいても役に立ちませんからね。

話し合いが終わり、夜の間外の見張りを各パーティから2人ずつ立てることにし、ローテーションを決めるメンバー達。早速グランの視覚も組み入れて外のメンバーから応援が要請あったら、伝えてくれるように頼んでいます。

宿泊施設には泊まらず、すぐに行けるように休憩所で今日は過ごすらしいですね。何人かは馬車の中だそうです。流石は冒険者。どんなところでも寝れるんですねぇ。

残念。宿泊施設の利用は街に帰ってからになりそうです。気を緩めない為にも、大浴場の利用も後。これにはケニーさんが残念そうな顔をしてましたけどね。

明日は早朝に動き出すので早めに休むメンバー達。サーシャさん、ミック君、ライ君、リルちゃんも空気を読んでスタッフルームに早めに入っていきました。僕も早めに休みましょう。

さあ、明日はいよいよ討伐です！

6章　お留守番です

おはようございます！　と言ってもまだ暗いんですけどね。今日僕は、ホテル待機の日。とはいえみんなを送る事は出来ると思いまして早めに起きてみました。

「エアおはよう。入館者の状況を教えて下さい」

『おはようございます、オーナー。現在喫茶店にて、ミック、サーシャが皆さんの朝食の給仕をしています。既に食事を終えたクライムのメンバーは外の警戒に出ております。因みにライ様、リル様も起きております』

うわ！　ライ君達まで早い！　僕最後じゃないですか！　急ぎ着替えて準備しないと！　バタバタと着替えてオーナールームを出ると、既に正面扉のところにみんなが集まっています。

「お！　トシヤおはよう！」

「見送りに来てくれたんか？」

声をかけてくれたのは、セイロンのリーダーゼノさんと魔法使いのハックさん。昨日から親しげに会話してくれるようになったんですよ。

「皆さんおはようございます。せめて見送りだけでもしようと思いまして」

「悪いな。だけどもう一度念を押しておくからな。トシヤ達はここから絶対に出ないことが俺達の為になる事。特にトシヤ、お前は俺達の誰かが迎えに来るまで絶対出るな」

僕の挨拶に答えながらも釘をさすのはテラのリーダー、ボルクさん。外に出ませんから、大丈夫ですよ。僕は戦えませんからね。

「みんなちゃんとかえってくる?」

ライ君とリルちゃんの心配する言葉に一番に反応するのは、セイロンの紅一点ケニーさん。2人をぎゅっと抱きしめています。

「もおお! 可愛いんだから! 大丈夫よ! 私が絶対みんなを無事に連れて帰ってくるからね」

ミック君達のほっぺに顔をつけてスリスリしながら、答えていますね。ライ君、リルちゃんはキャッキャしながら抱きついています。そんなライ君の頭を優しく撫でるセイロンの剣士ヒースさん。

「大丈夫だ。みんな強い」

優しい目で言ってますねぇ。

「良いもんだな、こうやって心配されるのって」

「しっかりしなきゃいけないって思うもんな」

その様子を見てテラの魔法使いのグレッグさんと斥候のスレインさんが話しています。

「行くぞ」

とテラのジェイクさんの声で動きだすメンバー達。

「「いってらっしゃい! 気をつけて!」」

「「いってらっしゃーい」」

「クライムのみんなにも気をつけてと伝えて下さい！」

サーシャさん、ミック君も大きく手を振って見送り、ライ君、リルちゃんも心配そうな顔をしながら見送ります。最後に言ったのは僕です。みんな強いとはいえ、やっぱり心配ですからねぇ。

メンバー全員片手をあげて（ケニーさんだけは両手を振って）正面扉から外へ出ていきます。

少し寂しそうにしている子供達。まだ朝も早いからもう一度寝ていてもいいのですよ、と声をかけても「みんなが心配だから起きてる」ですって。

健気な子供達です。じゃ、僕らはみんなが帰って来た時のために、館内を増設しましょうか。休憩所狭くなっていたんですよね。しかも、館内設備に面白いものが増えていました。

・フリードリンクコーナー（宿泊者限定）　ＭＰ２万［ソフトドリンクサーバー（コーラ、メロンソーダ、オレンジジュース、ブドウジュース、ジンジャーエール、いちごオレ、ウーロン茶、緑茶）、生ビールサーバー、焼酎サーバー、ウィスキーサーバー、チュウハイシロップ（白桃、巨峰、グレープフルーツ、マスカット、りんご）、チュウハイ＆ハイボールサーバー各１台　各種グラス　グラス食洗機付き］
・

正直これを出して良いものか迷います……うわばみいますしねぇ……それにもう１つ。

・オープンラウンジ　Bタイプ　MP1万5000

こっちは確実に出そうと考えています。後は、マッサージチェア　1台　MP2000も。

さてどうしましょう?

「トシヤお兄ちゃんどうしたの?」

「何か具合悪いの?」

考えているとサーシャさんとミック君が心配してくれます。ライ君達も心配そうに見上げています。なんて可愛い子達でしょう。

僕はみんなの頭を撫でながら、相談します。

「実は帰って来たみんなを驚かそうと思っているんです。でも、お酒を提供する場が増えるのは、みんなの教育上良くないかなって考えていたんですよ」

僕の言葉に大丈夫と答える子供達。んー、ライ君、リルちゃんはわかっているかわかりませんけどねぇ。

「僕が出来る事でみんなが喜ぶなら手伝うよ！　お父さんもお酒は疲れがとれるんだって言ってたから」

ミック君、なんて良い子なんでしょう！　協力までしてくれるそうです。でも七歳児にサーブさせるのはどうなんでしょう……。

「あのね、エルお姉ちゃん達も七歳から食堂でエール配ってたよ。だから私もできるよ」

サーシャさんもフォローを入れて来ます。そっか、異世界では子供達も生きる為に早くから働いているんですね。まぁ、基本自分でやって貰いますし、キイやグラン、エアもいますし、僕も見ていればいいでしょうかねぇ。

「良し！　じゃ、みんなを喜ばせましょう！　今から設置しますよ！」

「「わーい！」」と喜ぶ可愛い子達がいると、やりがいがありますね。早速僕はエアに頼みます。

「エア、オープンラウンジ　Bタイプとマッサージチェア3台、フリードリンクコーナーの設置をお願いします」

『畏まりました。オープンラウンジ　Bタイプ　MP1万5000、マッサージチェア　1台　MP2000×3、フリードリンクコーナー（宿泊者限定）　MP2万［ソフトドリンクサーバー、生ビールサーバー、焼酎サーバー、ウィスキーサーバー、チュウハイシロップ、チュウハイ&ハイボールサーバー各1台　各種グラス　グラス食洗機付き］を設置いたします。そしてフリードリンクコーナーもグランの担当になります』

エアが話し終わるとすぐに休憩所が広がっていきます。その様子に歓声を上げる子供達。

喫茶店のガラス壁も撤去され休憩所と行き来ができるようになりました。休憩所の隣に新たに出来たオープンラウンジBタイプ。今度はテーブルを囲んでソファーが4つずつ配置されています。それが3組。

壁際にびっしり並んだフリードリンクコーナー。腰迄の高さの棚の中に大きめの食洗機と各サーバーで使うグラス等がズラリと並んでいます。棚上は、ソフトドリンク、チュウハイ、チュウハイシロップ、生ビール、焼酎、ウィスキーサーバーという順で並んでいます。

　エアによると、各サーバーは美味しく飲めるよう適温にて管理、補充の為一日MP約１５００は必要らしいですね。更に人数も増えたので、毎朝の館内清掃にMP１０００も使わせて欲しいとの事。となると僕の毎日の定期消費MPは３７００ですね。

　それにしても、こんなに一挙にMP持っていかれてもだるくなくなりましたねぇ。もしかして僕の魔力量ももう少ししたら上がるんでしょうか？

　僕がそんな事を期待していると、サーシャさんとミック君が感動で声を上げたり、「すごい！」と走り回るライ君、リルちゃんの姿があります。いやぁ、これだけ喜んでくれるとやった甲斐がありますねぇ。

　僕は喫茶店近くの壁側に配置された、マッサージチェアに向かいます。ふふふ、これ疲れている時はいいんですよね。

「トシヤ兄ちゃんこれ何？」と僕についてきたサーシャさん。

「これはマッサージチェアって言います。疲れた身体をほぐしてくれる良いものなんですよ」

　うん、近くに使い方の表示が絵でありますし、大柄な皆さんにも対応するサイズですね。

「うわぁ！　おっきい」と真っ先に乗るライ君。足届いてないですよ。全身揉みほぐすタイプですが、これまさか拷問機に見えませんよね……まぁ、説明しましょうか。

　さて、フリードリンクコーナーは……。

　うん、想像以上に凄い。え？　エア、スタッフはここ無料ですか？　僕とエアの会話を聞いていたサーシャさん、ライ君、リルちゃんは「「「やったぁ！」」」と言って突撃していきます。

「トシヤ兄ちゃん、エアさん貸してくれる？　僕全部の使い方覚えたい」

ミック君！　なんて素晴らしいサービス精神！　僕は喜んでエアを渡します。エアを囲んで楽しそうに子供達がワイワイやっている中、僕はグランとキイと話します。休憩所と喫茶店が一体化したので、２人とも協力出来る幅が広がったらしいですよ。

じゃ、ミック君のサポートも出来そうですね。なんかサーシャさんもミック君と一緒に覚えようとしていますし。あ、ライ君達はソファーに座って美味しそうにジュース飲んでますね。

ふむ、僕も良い仕事をしました。

待っている間、僕もミック君、サーシャさんと一緒に学びましょうかね。


と、そうこうしている間に、ようやく僕も呼ばれたんですよ。

只今僕は元オーク集落にいます。ここはさながら地獄絵図です。数多くのオークの死体がゴロゴロしています。ダジャレじゃないですよ。

ええ、皆さんも予想した通り、僕は既に吐いて胃の中に何もありません。……いや、日本人は誰だってこうなるでしょう！　血もスプラッタも慣れてないんですから！　まぁ、特例はあるかもしれませんけど。

はい、故にふらふらです。でも僕の仕事は収納です。エアがほとんどやってくれますが、エアに手助けは必要ですからね。

「おーいトシヤ、次こっちだ！」

ザックさんが僕を呼んでいます。今度は黒焦げゾーンです。お肉の焼けた匂いがします。

「ザックさん、ここは黒焦げなんですね」

「ああ、気合いの入ったテラのグレッグが、特大火魔法をぶっぱなしたからなぁ。すごかったぜ」

ああ、それで……（遠い目）。いやぁ、広範囲が黒くてこれ素材とれるんですかねぇ、と僕が思いながらもエアが収納していきます。

「凄えなぁ、こんなに片付け楽なのって初めてじゃねえか？」

僕の収納する姿を見て、当の本人、グレッグさんが近づいて来ました。

「トシヤがいて良かったぜ。普段は魔石取りと素材取りの作業もあるんだぜ。本当に大変だったんだよなぁ」

これはテラの斥候スレインさん。２人共結構オークの返り血がついてますが、装備は壊れていません。戦い慣れているんですね。

「ちょっとぉ！　グレッグあんたも手伝いなさいよぉ！」

ティアさんが僕が収納した後の地面を、水魔法で綺麗に流しています。あ、ティアさんの使える魔法、水と雷だそうですよ。でもあの人近接戦も得意なんですって。どうりで、かなり返り血で汚れてますねぇ……。

そう、現在３チーム総出で元オーク集落の後片付けです。その中でも力のあるセイロンリーダーゼノさん、ガレムさん、ジェイクさんがオークの死体をまとめています。

レイナさん、ケニーさんはスレイプニルの警護に戻っていますが、残りのメンバーは家を壊した り周りを警戒したりと、完全には油断出来ません。あ、ザックさんが今僕の警護をしてくれていま す。

グレッグさん「悪い悪い」と言ってティアさんの手伝いにいきましたね。「俺も警戒に戻るわ」とスレインさん。すると、奥から僕を呼ぶボルクさんの声がします。

「トシヤ！　オークキング先にしまってくれるか？」

ボルクさんの近くには4メートルはあろうかという、でかいオークの死体が。結構斬り合いしたであろう傷跡がかなり残っています。

「うわぁ……これ倒したんですか」

僕がちょっと引いていると、「これぐらいは軽い軽い」と余裕のボルクさん。確かに余り返り血は浴びてませんね。

「ボルクは規格外だ」

そう言いながら現れたセイロンの剣士ヒースさん。確かに、ヒースさんはみんなと同じように返り血を結構浴びてますね。僕がそう観察しながらも仕事をしていってくれるエアのおかげで、次々とオークが収納されていきます。

これには2人共苦笑して「一番の規格外はここにいるがな」というボルクさんの言葉に「全くだ」と頷くヒースさん。凄いのはエア達ですって。

まぁそういうやり取りをしている間に、後片付けは終了。エア曰く、収納したオークの死体は3

４５体。……皆さん真面目に凄いですね。

全員揃ってワイワイとスレイプニルの馬車に戻ると、全員にいきなりクリーンの魔法をかけるケニーさん。

「全く！　自分達で綺麗にしなさいよ！　またライちゃんとリルちゃん泣いちゃうじゃない！」

とぷりぷり怒っています。あー……もしかしてグランに聞いたんでしょうかねぇ。

実は、僕を呼びに来た時の事なんですけど……来てくれたのはザックさんとセイロンの斥候ハックさん。いやぁ、戦いの後そのままで正面扉から声かけて来たんですよ。

みんな心配していたので、走って出迎えに行くじゃないですか。

「全員無事だぞ！」

「片付けて来たからもう大丈夫だ！」

迎えられた当人達はすっごい笑顔でサムズアップで決めてくれたんですけど……まぁ、多少怪我もしていたらしく血を流して、返り血あびてる状態ですよ。

「「うあああああん！」」

ミック君、サーシャさんは怖がりますし、ライ君、リルちゃんは大泣きです。いや、僕もドン引きしてしまったんですけど。戦いだから仕方ないとはいえ、子供達には刺激が強すぎましたねぇ。

すぐ様自分達の姿に気づいて、クリーンをかけたザックさん、ハックさん。しかし、時既に遅し。

ライ君、リルちゃん泣きながら喫茶店の方へ逃げていっちゃいまして、サーシャさんとミック君も後を追います。

残された2人のなんとまぁ悲壮な事。「ええと、いきましょうか」という僕の言葉に「ああ……」「そうだな……」と落ち込んだ2人の返事が返って来ます。うーん、戦いには勝っているんですけどねぇ。

そのことをケニーさんはグランから聞いたのか、ザックさんとハックさんはスレイプニルの側に、見張りという名の待機だそうです。「嘘だろ！」「おい！　そこは俺らに言い訳させに行かせろよ！」と抗議しています。

でもそこは妙に迫力のあるケニーさんのひと睨みで押さえつけていましたねぇ。やはり男の中に一人いる女性というものは強いものなんだ、と認識をした僕。

そしてホテルの正面玄関をくぐると出迎えてくれたのは、サーシャさんとミックさんとグランの声。

「「「お帰りなさい！　お疲れ様でした」」」

これにはみんなほっこり。で、サーシャさんミック君の後ろに隠れているライ君、リルちゃん。

「だいじょうぶ？」

チラッと顔を出してみんなを見てます。怖くてもみんなを迎えたかったんでしょうね。一斉にチェックに入るメンバー達。

「大丈夫よぉ。ライちゃんリルちゃん、いらっしゃい」

ティアさんが屈んで2人を呼びます。そろそろと顔を出し、いつものみんなだとわかると駆け出して行く2人。

「「おかえりなしゃい!!」」

とティアさんに抱きついた後、みんなにおかえりなしゃいハグをしていきます。ライ君、リルちゃんを抱っこしたり、高い高いしたりと、みんなも2人を迎えます。その他のメンバーも、サーシャさん、ミック君に「後で話聞かせるからな、楽しみにしてろよ」と声をかけたり、頭を撫でたり。

さっきとは違って子供達みんなが笑顔になっていたので、僕もホッとします。

で、中に戻った面々の目にするものといえば、増設した休憩所とフリードリンクコーナーです。

「おいおい広くなってるじゃねえか」というグレッグさんと「なんか見慣れんもの並んでるぜ」とボルクさん。さすが目敏いです。「変わった魔導具増えたわねぇ」とマッサージチェアを触るティアさんとレイナさん。

「ふかふかじゃねえか！」「気持ちいい！」と座り心地を確かめているスレインさんにケニーさん。早速コーヒーを飲もうとしているヒースさんに、酒好きの勘なのか、説明する前からお酒の前から動かないガレムさんとゼノさん、ジェイクさん。

「みんなおつかれさまなの」

お酒前でたむろしていた面々は、笑顔でフリードリンクコーナーからジュースを配るライ君、リルちゃんに苦笑い。「嬉しいんだけどよぉ」と言った感じで、ジュース飲んでました。

さて、流石にこの設備の説明を求められたので、エアに頼んで詳細を伝えてもらったところ……

「宿泊したら飲み放題だとぉ！」と叫ぶゼノさんを始め、「待て！　ここだと拙《まず》い！　さっさと戻ってゆっくり飲んだ方が良い！」と力説するボルクさん。

その言葉を聞いたメンバー全員すぐに出発準備にかかります。さっきまで戦って来た人達とは思えないほど、みんな素早く動きだしました。

いや、あの……今もう5の刻（午後2時）ですけど、帰っても街の閉門時間に間に合うんですかね？

僕の考えを読んだのでしょうか。ガレムさんが僕の肩にポンっと手をおき「大丈夫だ、間に合わせる」と言い切ります。……僕ガレムさんの笑顔初めて見ました。

ここまで期待されて、このまま皆に宿泊費出させるのは違いますよねぇと思い、みんなに声をかける僕。

「皆さん！　街に戻ったら今日の宿泊費は僕が持ちます！　夜はホテルを上げて祝勝会をしましょう！」

「「「「「「うおおおおお！！！」」」」」」

僕の言葉に歓喜の声を上げる皆さん。全員一丸となって帰還準備に入ります。

この時この場にいなかったザックさんにハックさん。その場にいなかった事を悔しがっていましたが、ライ君、リルちゃんが二人に「おつかれしゃま」「おかえりなしゃい」と近づいてくれた事で機嫌を直していました。

ウチの癒し要員はいい仕事をしてくれます。

さぁ、急いで帰りましょうか。

パンパンッ。

移動中の亜空間グランデホテルの休憩所では、怪しい行動をする人達が急増中です。


「今度はグレッグ……お前もか」

休憩所でコーヒーを飲みながらセイロンの剣士ヒースさんが呟いています。

え？　何をしているかって？　フリードリンクコーナーに向かって手を叩いて拝んでいるんですよ、皆さん。呆れているヒースさんも、何回かフリードリンクコーナーの前で拝んでいるの僕見てましたからね。

皆さんよっぽど飲むのが楽しみなんですねぇ。自分が休憩に入るとここに来てお酒を拝んでいきます。まあ、御神酒って言葉もありますけど、ここホテルですよ。

僕といえば、のんびりとお風呂にライ君やミック君と入って来たところです。ゆっくりじっくり入らせてもらいました。僕らは街についてからが仕事みたいなものですから。

サーシャさん、リルちゃんはレイナさんとケニーさんとお風呂に入って来たみたいですねぇ。この2人は今日の自分の分は果たしたらしいですから。

「もーう！　最高！　何あのたっぷりとしたお湯！　すっごい贅沢しちゃった！」

興奮気味のケニーさん。そこに自慢気なレイナさんが同意しています。

「そうだろう、そうだろう。しかも、シャンプーにトリートメントだ。髪がサラサラになるからな」

「そうよ！　レイナの髪気になっていたの！　その秘密もここなんて！　それに肌までしっかりお手入れができるのよ！　触ってみて、このもっちり肌！」

女の子同士で肌の触り合いしていますねぇ。微笑ましい。そして休憩所の一部ではウィンウィンウィンウィンと機械音が聞こえています。

「あ～……これはいいな……」

「だな。戦いの疲れが癒やされていく……」

お風呂上がりにマッサージチェアに乗っているテラのリーダーボルクさんとセイロンの魔法使いハックさん。目を閉じてマッサージを受けています。

今休憩所は、今日の割り当てを終えたメンバーの憩い場と化しています。

その雰囲気に、朝早かったライ君、リルちゃんはもう瞼が閉じそうになっていますしね。お部屋に行って寝るように言っても、みんなの側にいたいというので、リクライニングチェアに乗せると、2人ともすぐにコテンと眠ってしまいました。毛布持って来ましょうかね。

のんびりな休憩所の雰囲気を、今まさに警戒中のメンバーはたまに様子を見に来ては「くっそお！」と言って戻って行きます。「夜は浴びる程飲んでやる！」って声響いて聞こえてくるんですよ。

これは労ってあげないといけませんね。買いだめしていたジュースにお菓子を差し入れすると、馬車内のテンションが上がり御者席にいたティアさん、ゼノさんが「お前ら替われ」と騒ぎ出す場面も。

こんな感じの帰り道は、スレイプニルもご機嫌だったのか順調に進みすぎて、なんと本当に閉門前にセクトの街に着きました。これには言った本人のガレムさんも「……本当に着いたか」とボソッと言ってたみたいですけど。

みんなの目的が一致すると、凄いものですねぇ。

そのまま一路冒険者ギルドへ向かいます。到着後お世話になったスレイプニルとギルドの正面でお別れをして、一旦みんな馬車の外へ。当然正面扉も「ゲートクローズ」をしましたよ。

中に入ると、冒険者ギルドの中は依頼帰りの冒険者たちで溢れています。ちょうど混む時間帯だったんですね。でもクライム、テラ、セイロンが入った途端に注目はこちらに。

メンバー達は慣れているのか平然と歩いていきますが、周りの冒険者からすれば憧れの的なんでしょう。

「おい！　クライムとテラのメンバー全員揃ってるぜ」

「あれだろ？　オーク集落の討伐に行ったんだろ？　……帰ってくるの早すぎねぇか？」

「レイナさん！　お帰りなさい！」

「うわ！　凄え……セイロンまで揃ってるぜ。豪華すぎね？」

「お！　ゼノ！　後で話聞かせろよ」

「きゃー！　グレッグさんとヒースさんが一緒だわ！」

いやぁ、みんな凄い人気です。それでいて並んでいる冒険者の皆さんが自分の番を譲ろうとするんですよ。慕われているんですねぇ。

おかげで待たずに受付出来た僕らは、すぐにギルド長室へ呼ばれます。ギルド長室に着き、レイナさんがドアをノックすると「入れ」という声が聞こえて来ます。ドアを開けてみんなで入って行くと……。

やつれたギルド長が、席でカリカリとサインをしている姿があります。当然隣で目を光らせているヤンさんの姿も。

「お……きたか……」と疲れ切った声で迎えるギルド長。「皆さんお疲れ様でした。その様子だと万事上手くいったみたいですね」と相変わらず隈の濃いヤンさんの姿が。

いや、あの……ギルド長。随分様変わりしましたねぇ。

「なんだギルド長。随分やつれたな」

ボルクさんも同じ事思ったみたいです。どうやら聞いてみると、僕らが出発した日から一度も家に帰っていないそうです。寝るのも食べるのもヤンさんに管理されたギルド長のモチベーションは、とっくになくなり、残り少ない気力で動いているそうですねぇ。

これは自業自得ですよ。ヤンさんも同じ状態みたいですからね。

「嫁にまた避けられるじゃねえか……」と嘆くギルド長は新婚さん。そりゃお嫁さん怒りますよ、と誰も同情しません。「僕だって同じなんですから」とヤンさん。どうやらヤンさんも結婚されていて愛妻家。でも家に帰れないのでフラストレーション溜まっているみたいです。

なんかギルド長はともかく、ギルド長の奥さんとヤンさん夫妻を労いたくなりましたねぇ。考えておきましょう。

話は変わり、やつれているギルド長の代わりに、ヤンさんが各メンバーからの報告を聞き出しています。一通りの報告が終わり、ヤンさんがお礼を言って来ます。

「皆さん、本当にありがとうございました。おかげで街の脅威がなくなりました。これで安心して領主様をお迎えする事ができます。褒賞《ほうしょう》や討伐したオークに関しての処理は明日にしましょう。今日はゆっくり休んで下さい」

「本当助かったぜ。ありがとうな」

ギルド長も頭を下げて感謝してくれました。こういう時はギルド長って感じがしますね。まぁ、ヤンさんが実質仕切っているんでしょうけど。

すると2人からの感謝を受けて、ボルクさんがまとめます。

「じゃあ、ギルド長。今日はこれで切り上げてもいいか？」

「ああ、明日また顔出してくれたら報奨金は用意しておこう。あと、やっぱり討伐したオークは解体場に置けるだけ置いていってくれるか？　一度に出されてもかなわん」

「ああ、わかった」

ボルクさんが僕の顔を見て合図するので、了承の意味で頷きます。そして声を上げるボルクさん。

「よーし！　この後はお待ちかねの祝勝会だ！　浴びるだけ飲んで騒ぐぞ！」

この言葉をきっかけに「「「「うおお!!」」」」と野太い歓声が上がります。

「やっと飲めるのねぇ」

「甘い物の方がいいいな」

というティアさんやレイナさん。

そしてさっさと部屋を出て行くガレムさん、ジェイクさん、ヒースさんのマイペース組。すぐ様「いや、まだ木陰の宿に正面扉召喚してませんから」と追いかける僕。

その様子を見て「俺も行きてえ……」と呟くギルド長。意外にもヤンさんの「終わらせたらいいですよ」と優しい言葉が。これ、ギルド長も来そうですね。準備しておきますか。

「さあ飲むぞー！」とガヤガヤ移動して行く皆さん。子供のように嬉しそうな顔だらけです。

これは今日もまたホテル内は騒がしくなるでしょうねぇ。


「うっっっっめえ！」

「これだよ！　これ！」

「この喉越しがたまらない！」

「凄え！　冷たいエールがこんなに美味えとは！」

絶賛されているのは生ビールサーバーですねぇ。ザックさんは缶ビールで先に味わっていますから「まずはこれからでしょ」と、テラのリーダーボルクさん、セイロンのリーダーゼノさん、テラの魔法使いグレッグさんを引き込んで飲んでいます。

「うわぁ、お酒なのに飲みやすい！」

「へえ、色んなシロップで味が変わって良いな」

「色がまたオシャレねぇ」

セイロンの魔法使いケニーさんが感激しているのはチュウハイです。レイナさんはシロップ入れすぎな気がしますが、個人の好みですからね。ティアさんはじっくり見た目も楽しんで飲んでいます。これは女性陣？　に人気ですからね。

「なんとスッキリとしながらもまろやかな味わい……！　麦の香りがまた味を引き立てる……！」

「いや、こちらも飲んでみろ！　甘さの中にまろやかさがある！　ガツンとくるがまたそのコクの深さときたら……！」

酒は人を饒舌にさせるんですね。こちらは焼酎サーバーを陣取っているガレムさん、テラの盾使いジェイクさん。ガタイのいい物同士が評論家のような表現で、互いが飲んでる酒を勧めあっています。しかしこの２人、飲むペース早い……！

そんな２人の隣ではエアがウィスキーの飲み方を伝授しています。

『ウィスキーには飲み方が９種類あると言われています。ストレート、ハイボール、水割り、トワイスアップ、ロック、ハーフロック、ミスト、ウィスキーフロート、ホットウィスキーがあります。カクテルというお酒の基本としても使われる多様性のあるお酒です。皆さんは強め、まろやか、スッキリであれば、どれがお好みでしょうか？』

「俺は強めでいい」

『そうであれば、ヒース様はストレートで、舐めるようにお味わい下さい。間にチェイサーと言われるお水をお忘れなく。ハック様はハイボールです。氷を入れた背の高いグラスにウィスキー適量とソーダ水を注ぎ、お好みでレモンを添えてみて下さいませ。スレイン様はトワイスアップをお試し下さい。グラスにウィスキーと常温の水を1対1で入れて飲む方法です。ハック様以外はロックグラスという背の低いグラスをご使用下さいませ』

セイロンの剣士ヒースさん、セイロンの斥候ハックさん、テラの斥候スレインさんが、それぞれエアの言う通りにお酒を作り試しています。

「これは結構強いな……だが飲んだ後の味わいがいい。成る程、水があると柔らかくなるな」

「こっちはグイグイ飲める爽やかさだぞ。スッキリして飲みやすい！」

「俺のは強すぎず弱すぎずって感じだ。ウィスキーが喉を通ると味が開くっていうのかな。っていうか、やっぱりお前らのも飲ませろよ！」

ヒースさんは強めでも大丈夫なんですね。ハックさんもスレインさんも結局3人とも飲み比べをしてます。そしてエアに聞いて全種類作っているみたいです。まぁ、酒好きは試したくなるでしょうね。

そうすると、当然入り乱れてくるわけですよ。それぞれのサーバーを試しに人が行き交います。でもお酒だけ飲むのは宜しくありません。

「シーフードピザできましたよ！　サンドイッチやチーズトーストもあります！」

休憩所にミック君が持って来たピザのいい香りがします。出来立てはまた最高なんですよね。

「こっちはしっかり食べたい方どうぞ！　ビーフシチューにオムライス、カルボナーラにミートソーススパゲッティです！」

こちらはサーシャさん。テーブルいっぱいに並べています。ライ君、リルちゃんは、もうちょこんと座ってパスタ食べています。一緒に手伝っていたはずですが、お腹空いたんですね。

僕は喫茶店カウンターで甘い物を並べています。パフェやアイスは注文制ですが、フルーツタルト、チーズケーキ、ワッフル＆バニラアイス、ショコラケーキ、シフォンケーキがズラッと並んでいると壮観です。……レイナさん素早いですね。あ、はい。パフェですね。お待ちください。

それぞれの美味しい匂いに惹かれて、ようやく酒飲み達はフリードリンクコーナーから離れます。

ピザにハマったザックさん、スレインさん。ライ君、リルちゃんのお世話をしながら食べているのは意外にもヒースさんとジェイクさん。子供好きなんですね。

ガッツリ系にはボルクさん、ゼノさん。

グレッグさん、ハックさん、ガレムさんは未だ飲み比べ中。まさかのうわばみ増殖中。

レイナさんをはじめ、ティアさん、ケニーさんは甘い物を堪能中。

「ダイエットは明日からよ」という言葉は異世界でも一緒ですね。

「うわぁ！　やってるね！」

みんなが散らばって食べている中やって来たのは、木陰の宿のエルさん。あ、フランさんもいますね。

「はーい！　うちからも差し入れだよ！　木陰の宿自慢のオーク肉の煮込みスープもどうぞ！」

「新メニューのオーク肉ポメソース煮込みも食べてみて！」

喫茶店の空いているテーブル席にスープ鍋を出して、みんなを呼び込みます。これに喜んだのは男性陣。可愛い女の子が増えましたからね。

「フランちゃん、今日もかわいいね」と早速フランさんを口説いているのはグレッグさん。「ありがと」とニコッとするフランさんに「くぅぅう、可愛い！」と悶えてます。

グレッグさん、もしかして残念系の色男さんでしょうかねぇ。まぁ勿論エルさんとフランさんを囲んで、みんな料理を貰いにくるのですが、マイペース3人組のヒースさん、ジェイクさん、ガレムさんは酒の方が魅力的みたいです。

丁度その時にまた来訪者が。

「おーう！　やってるな！」

「皆さん私も交ぜて貰いに来ました」

ギルド長とヤンさんです。屋台で買ったであろう串焼きを沢山持って来てくれました。

「よお！　仕事終わったか！」

「来ていいのかよ、奥さんにまた振られるぞ～」

「あなたなんて大嫌いよ！」

「ギャハハハ、スレインいいぞ！」

歓迎するボルクさんに、揶揄うゼノさん、奥さんの真似をするスレインさん、爆笑中のザックさん。まぁ、酒飲み達流の歓迎ですかねぇ。

「うるせえ！　気晴らしぐらいさせろ！」と声を上げるギルド長に「どちらにしろ、頭下げにいくのは決定ですからね。その前に気分転換ですよ」とヤンさん。うん、それは頑張って下さい。

それはそれとし、後日奥さん達をご招待したい、と僕が申し出たところ「友よ……！」とギルド長にガバッと抱きつかれ、「妻にいいお土産ができました」とヤンさんが手をぎゅっと握って感謝を伝えて来て下さいます。

その間に肉と料理が減っていくスピードの速さといったら……冒険者の胃袋をなめちゃいけませんね。ミック君もサーシャさんも一生懸命です。でもそれをみかねてエルさん、フランさんも手伝ってくれてました。ありがとうございます。

「みんな無事で何より！」

なんと、今度は木陰の宿全員揃いましたね。リーヤも手に料理をもち、カルナさんはタオルを持ってお風呂に行く気まんまんです。メイさんはお鍋の追加ですね。ゼンさんお疲れ様です。え？　早めに切り上げて来たんですか？　よっぽど飲みたかったんですねぇ。

因みに木陰の宿の面々とギルド長、ヤンさんも今日は僕の奢りで宿泊者にしてますよ。え？　宿泊代はいくらかって？　グランお願いします。

『当館の宿泊費は一泊二食（朝、晩）入浴付きで5万ディル（オーナー権限ではMP50）とさせて頂いております。今後グレードアップの見込みもございますので、こちらはカプセルホテルAタイプの料金とさせて頂いております』

うーん、日本では安いカプセルホテルも、ここではお高め設定ですねぇ。まぁ、そうじゃないと他の宿と折り合いつきませんからねぇ。

ま、それはそうとして更に賑やかになった亜空間グランデホテル内。リーヤとゼンさんは、エアを指南役にしてフリードリンクコーナーで研究のスイッチ入っちゃったみたいですし、メイさん、フランさんは男性陣に大モテです。でも2人共上手くあしらっていますね。

エルさん、カルナさんは早速大浴場へ。一日入れなかったのが、かなり辛かったみたいです。そうでしょう、そうでしょう。ここを体験したらそうなるのです。それにしても何人いるんでしょう？

「グラン、今入館者は何人ですか？」

『はい、オーナー。現在オーナーとスタッフ含めまして25名となっております』

いやぁ、増えましたねぇ。でもホテルとしてはまだまだです。この人数でいっぱいいるように見えるんですから、しばらく増設していかないといけません。

今日はオーク100体解体所に置いてきましたし、明日報奨金の魔石が手に入りますし、僕も魔石を買い取るお金を作らないと。

あ、それにジーク君とドイル君の件も明日あります。う〜ん明日は忙しいですねぇ。

「おーい！　トシヤ何やってんだ？」

「飲み比べしよーぜ！」

「ほらほらいっぱいあるんだから遠慮すんな！」

僕が考え込んでいると、みんなが僕を呼ぶ声が聞こえます。見事に酔っ払っている人とシラフの人と酔わない人に分かれていますねぇ。

何にしても気を使わず楽しめるこの雰囲気を壊すのはもったいないです。僕も楽しみますか。

夜はまだまだこれからですからね。

7章 約束の日です

「うわぁ、でっかい……！」

「でしょう！　ここはセクトの街でも指折りの商会ですもの。さ、入りましょ」

現在、僕とティアさん、ガレムさんは「グラレージュ」セクト本店の前にいます。そう、今日はジーク君とドイル君との約束の日なんです。

え？　いきなりなんでこの展開にって？　いやぁ仕方ありません。今日みんなが期待していた魔石が手に入る日なんですよ。まぁ、朝の事なんですけどね……。

「やっぱり起きて来れたのは、このメンバーねぇ」

今日の朝はティアさんの言葉から始まります。僕が起きて喫茶店へ入ると既にお茶をしていたティアさん、レイナさん、セイロンの魔法使いケニーさん、セイロンの剣士ヒースさん、ガレムさんの５人。

他のメンバーは宿泊ルームと休憩所のリクライニングチェアにてまだまだ爆睡中。気持ちよさそうな「ぐう……」という声が聞こえて来ています。

まぁ、起きれないでしょうねぇ。結構遅くまで、飲んで食べてとはしゃいでいましたから。フリードリンクコーナーフル回転でした。自動補充で助かりましたよ。

で、今日のこの後の予定をみんなと確認しましたら……。

「今日は各パーティのリーダーだけ冒険者ギルドだ。他は自由だな」

レイナさん達は冒険者ギルドですか。じゃ、場所だけ知ってますかねぇ。

「僕今日グラレージュっていうお店行きたいんですけど、誰か場所知ってますか？」

「あら、トシヤちゃん親父さんのところに行くの？　なら私連れて行ってあげるわ。護衛はガレムでいいでしょ」

「ああ」

お！　ティアさん知っているんですね。しかもサラッと護衛にガレムさんが来てくれるとは。なんか偉い人みたいですねぇ、僕。でも親父さん？

「ティアさん、親父さんって？」

「ああ、私達が無名の頃からお世話になっているグラレージュの店主よ。気さくで良い人よ、豪快だけど」

「ついでに酒好きだ」

ティアさんの説明に補足するガレムさん。プライベートでも付き合いもあるくらい親しいんですかね。

「ああ、親父のとこか。俺らも世話になってるな。なんだかんだでまけてくれるからな」

「親父さん気前良いもの。だから奥さんがいつも困っているけど、奥さんも良い人なのよねぇ」

ヒースさん、ケニーさんもお知り合いなんですね。でも何を扱っているお店なんでしょう？

「グラレージュって何のお店なんですか？」

「あら、知らないで行こうとしてたの？　有名なのは反物と魔導具ね。でも基本的になんでも扱っているわよ」

なんでも扱っているならジーク君とドイル君に、タオルセットとワイシャツ、あと石鹸とシャンプー、トリートメントも持っていきますか。

「何だ？　トシヤ、何か親父さんに用でもあるのか？」

ヒースさんが聞いて来たので、理由を話すと……。

「うわぁ……親父の喜ぶ顔が目に浮かぶな」

「踊り出すんじゃない？」

「確実にトシヤ目をつけられるぞ」

「酒は見せるな」

げんなりしながら言うヒースさんに、ケラケラ笑いながら予想を話すケニーさん。レイナさんはなんか不穏な事を言いますし、ガレムさんはそれ注意ですか？　って感じです。持っていきませんって。

あ、因みにミック君、サーシャさん、ライ君、リルちゃんまだ寝ています。昨日遅くまで頑張ってくれたから、今日はゆっくり寝かせておきたいですね。

久しぶりにキイのカウンターに立って、自分の分の朝食を準備します。ついでにみんなの分も、と思ったら既に食べたそうで。「キイちゃんのカウンター内に立ってみたかったのよぉ」とティアさん。みんなの分をサーブしてくれたんですね。

僕も食べながらエアに準備を頼みます。

「エア、ジーク君達に見せるタオルセットとワイシャツ、シャンプーにトリートメント、石鹸準備して置いてください」

『はい。ワイシャツ、タオルセット、石鹸、シャンプー、トリートメントセットをワンセットずつでよろしいですか？』

僕がそれで、と言う前に忠告してくれるティアさん。

「トシヤちゃん、多分ワンセットじゃ足りないわ。10セットずつ持った方がいいわよ」

10セットですか。そんなに必要ですかねぇ。と思っていると「それでも足りないだろうがな」とボソッとヒースさん。うーん、まあ多めに持って行きますか。

結局20セットずつ持って行く事にした僕。トランクルームに入れて準備完了です。

「さ、行きましょうか」とティアさん、ガレムさんが席を立ち歩いていきます。慌てて僕も立ち、2人を追いかける後ろから「行ってらっしゃい」と3人が声をかけて送り出してくれます。

ティアさんにまだお店やってないいんじゃないですか？　と聞くと……。

「親父さんの店だから大丈夫よ。それに今日は魔石が来る日でしょう？　トシヤちゃんにパスポート申請機出して貰ったり、色々みんな期待しているのよ」

「『こんびに』と言ったか。アレは俺も期待している」

なるほど。皆さん密かに待っていたんですね。それなら早めに終わらせた方がいいですからね。

……グラレージュでMPポーションないですかねぇ。

とまぁそんな感じで今に至ります。

「さあ、行くわよ」とサッサと店内に入って行くティアさんとガレムさん。僕もついて店内に入ると様々な物がきちんと陳列されてところ狭しと並んでいます。なかでも目に飛び込んでくるのは反物と樽。樽って思っていたらガレムさんが「酒も多いんだ」と教えてくれます。

僕らが入って来たのがわかったのでしょう。奥からパタパタと人の好さそうな年配の女性が「まぁまぁ」と言って小走りでこちらへ向かって来ます。

「はーい、ミセスジルバ。元気にしてた？　親父さんいる？」

この方ともお知り合いなんでしょう。ティアさん、かなり親しげに話しかけています。ガレムさんも手をあげて挨拶してます。

「まぁ、お久しぶりねぇ。ティアさん、ガレムさん。おかげ様で元気にしてますよ。今、会頭は奥で作業しているのよ。あら、新しいお客様ねぇ。ようこそグラレージュへ」

ニコニコ顔で僕にも挨拶をして下さるミセスジルバ。僕もニコニコ笑顔につられて、笑顔で「初めまして」と挨拶を交わします。

「それで今日はどうしたのかしら？　また変わった魔物素材持って来てくださったの？」

「残念ながら違うのよ。用事があるのはトシヤちゃんの方よ」

「はい、ジーク君とドイル君に商品を見せに来たんですけど、呼んで貰えますか？」

初めはティアさん達が、用があると思ったミセスジルバ。僕が要件を伝えると「まぁまぁ貴方でしたのねぇ。ちょっとお待ちになって」と奥へ行こうとするところを、「ミセスジルバ！　面白いもの持ってきたわよ、と親父さんにも伝えてちょうだい」とティアさん。

「はいはい」と笑顔でティアさんに返事をし、またパタパタと小走りで奥に消えて行くミセスジルバ。いい雰囲気の人ですねぇ。お祖母さんの友達のヨシさんを思いだします。

ほんわかしながら店内を見て待っていると、今度はバタバタという足音が聞こえて来ます。

「本当に来てくれたんだな」というドイル君に「お久しぶりです」と相変わらず爽やかなジーク君。

ティアさん達を見て「「ええ!!」」と驚いています。

「ん？　どうしたんですか？」

「いや、何でクライムのティアさんやガレムさんと一緒なんだ？」

「うわぁ、いつもご活躍を噂で聞いてました。ファンです。是非握手をしてくださいませんか？」

僕の質問に質問で返すドイル君に、純粋に2人に握手を求めるジーク君。そういえばクライムって有名パーティなんですよねぇ。忘れてました。

オドオドするドイル君の隣でティアさん、ガレムさんに握手をしてもらって嬉しそうなジーク君。僕も居ますよ～。

そんなドイル君とジーク君の背中をバシバシッと叩いて登場したのはガタイの良い短髪の男性。豪快に声をあげて2人に注意しています。

「ガッハッハ！　お前ら、いくら憧れの人がいるからって、客人をほったらかしたらいかんだろうが！　お前らの為に来てくれたんだろう、この兄さんは！」

「いってぇな、親父さん！　わかってるよ！」

「すみません！　会頭！　つい浮かれてしまいました」

本気で痛がっているドイル君に素直に謝るジーク君。対照的です。きちんと商人の顔に戻った2人に会議室へと案内され、ゾロゾロと移動する僕たち。「面白いもの持っているんだって？」とワクワクしている会頭も勿論ついいて来ます。

会議室に通されて、ソファーに座る僕と僕の後ろに立つティアさんとガレムさん。

「おいおい、お前らいつもどっかり座るだろうに、何立っているんだ？」

会頭さんが不思議そうに聞いてきます。

「あら、私達クライムはトシヤちゃんの専属護衛になったもの。当然よ」

「因みにトシヤの専属護衛にはテラとセイロンもいる」

2人の回答にまじまじと僕の顔を見るドイル君とジーク君。まあ僕、普通の男ですからねぇ。

「なんと！　クライムにテラとセイロンときたか！　こりゃあ面白え！」

ガッハッハと会頭さんは「お前らよくこの兄さん連れて来たなぁ」とバシバシ、ジーク君とドイル君の背中を叩いています。いや、面白いのは会頭さんでしょう、と僕。

「だから痛えって、親父さん！　ちょっと話させてくれ。で、トシヤ、まず俺らが見つけてきたものを見せるが、そのあとお前の商品見せて貰えるか？」

「勿論です」

ドイル君が僕に確認を取ってから、出して来た商品は青い生地。それに反応したのはやっぱり会頭さん。

「おお、カーミヤ生地か。しかも色合いがいい」

僕も触らせて貰うと、肌触りがよく光沢がある布です。これこっちの世界のカシミヤでしょうかねぇ。

「俺らが新人教育の一環で取りに行くなら、これだってずっと決めていたんだ。この生地を下ろして貰う為に結構前から通っていたんだぜ」

「そこは原料から綺麗に処理をして紡ぐ術が受け継がれている山間の民族が住んでいるところらしいです。もし会頭の許可が出たら取引交渉に行きたいと考えています」

もう審査始まっているんでしょうかね。会頭に向けても説明しています。その会頭さんは「……で、兄さんは何を持っているんだ？」とジーク君達の答えを保留にして僕の方に顔を向けます。

僕はタオルセットとワイシャツ、石鹸とシャンプー、トリートメントを1つずつ出します。

「これが僕の商品です。まずはタオルセット。大判タイプと顔用タイプの2種類。これは綿と言う植物性の糸を用いて作られた肌触りのいい最高級品と商業ギルドから言われた物です。大判1枚金貨2枚、顔用は金貨1枚で販売しました。次に出すのはここが初めてです。ワイシャツという、商談の場にもふさわしい上着と泡立ちも香りも良い石鹸。それに髪を洗うシャンプーとトリートメントという商品です。値段は相談次第ですね」

僕の出した物に興味深げに集まる3人。その目は商人の目になっていますね。ちょっと何を言われるかドキドキします。

「……凄い、この服。肌触りといい、縫製の細やかさといい……しかも本人に合わせて作るんじゃなくて、服に人が合わせて選ぶように作っているのか」

ワイシャツを持って驚いているのはジーク君。

「このタオルの肌触りはとても軽い。ふわふわで心地いい……これは金貨2枚でも安くないか……？」

ボソッと呟くように言っているのはドイル君。

「この石鹸、香りもいいが色も綺麗だ。それに『しゃんぷー』と『とりーとめんと』と言ったか。これに関しては匂いは良いが使ってみないことにはわからんし、この容器も不思議だ」

こちらは会頭さん。色々試してみたそうですね。うん、全体的に好感触です。すると真面目な表情の会頭さんが、僕に聞いて来ます。

「兄さん、あんたこれいくらで売るつもりだ」

確か石鹸1個100円、シャンプー、トリートメントって600円位でしたっけ？　で、ワイシャツ1980円位？　いや、でもタオルで金貨2枚ですよね。

「石鹸10個セットで5000ディア、シャンプーとトリートメントセットは1万ディア、ワイシャツ1枚1万ディアでどうでしょう？」

……高いですかねぇ。

「買った！　兄さん持っているの全部出してくれ！」

「ええ!?」

と驚く僕。

「当然よね」

「甘い」

と言うティアさんとガレムさん。

おかしいですねぇ。いつの間に商談になってたんです？


「そうかそうか！　一緒に商業ギルドに登録した仲か！　これもまた面白えめぐり合わせよ！」

ガッハッハと豪快に笑いながら話すのはグラレージュ商店の会頭さん。今は、ジーク君とドイル君と初めて会った時の話をしています。

ええ、僕の商いの杜撰《ずさん》さに会頭さんが鋭く出会いを聞いて来たんですよ。「余りにも安すぎる」というお言葉付きで。

「なるほどなぁ。それじゃ金の流れは知らねえよなぁ。で、持っている物は一級品。そりゃ、事情を知れば守らにゃならんな。なぁ、ティアにガレムよ」

「ちょっと、その含みを持たせた言い方やめて頂戴。看破スキル持ちに隠せる事なんてあるわけないでしょ」

いやいや、ティアさん何気に凄い事言ってましたね。会頭さんも看破スキル持ちですか!?　って事は僕のギフトまで見えてるって事ですよね？

「見えてもわかんねぇものがあるんだよ。なんだ亜空間ホテルっつうのは？　と言うかこの商品はそれに関係すんのか」

と、どんどんネタバレされていきます。看破スキル凄すぎです。もはやジーク君もドイル君も会頭さんに流れを任せているみたいですし、僕もただ軽い気持ちで来たんですけどねぇ。

「……そうねぇ、トシヤちゃん。こうなったら親父さんもホテルに連れて行きましょうよ。って言うか元々そのつもりだったし」

ティアさんサラッと爆弾発言です。

「商いはトシヤには無理だ」

ええ！　ガレムさんからも追撃が！　まぁ、知ってましたけど。

「おいおい、話の流れが変わったなぁ。お前ら俺を巻き込む気満々だったんだろうが。ジークとドイルって言ういい口実できたしなぁ」

「あら、親父さんの得にもなるはずよ、トシヤちゃんは」

「……ふむ。どうだ？　トシヤって言ったか。お前さんはどうなんだ？」

おお、矛先が僕に向きましたか。うーん、確かに商いの助けは必要なんですよねぇ。特にホテルの外は。それにみんなが信頼している人ですし、僕に異存はないんですよねぇ。

「まずは見て判断してもらえますか？　で、宜しければ、ティアさんの言うように僕に協力して貰えると嬉しいですね」

もう商才がないのはどうしようもないので直球でいきます。あ、ジーク君とドイル君も是非に！

「ガッハッハ！　正直に来たか！　よし、ジーク、ドイルも一緒に来い！　お前らが繋いだ縁だ。それもお前らの実力のうち。しかも自分達で選んできたものも上質のカーミヤ生地ときたからには合格だ！　お前達のやりたいようにやってみろ」

おお！　新人試験も合格ですよ！　２人共ハイタッチで喜んでいます。うん、この流れで一緒に木陰の宿に来てもらいましょう。

え？　買取の件はどうなったのかって？　まだ話だけの段階でしたからねぇ。流れに任せましょう。


という事で、帰って来ました亜空間グランデホテル！　会頭さんとジーク君、ドイル君を連れて。

木陰の宿に入って入館登録をし、正面扉を開けて入った時からキョロキョロしっぱなしのジーク君とドイル君。片や……。

「ほお～、立派なもんだ。亜空間の中ってのはこんな感じになってるんだなぁ」

と余裕の会頭さん。起きて来ていたサーシャさん、ライ君、リルちゃんの可愛い歓迎は元より、グランの歓迎にも「ほおー、建物が喋るのか。世話になる」と余裕の対応。

靴を履き替え喫茶店に向かい、「「いらっしゃいませ」」とミック君とキイの歓迎にも「おお、宜しくな」と大人の対応。キョロキョロして驚くジーク君、ドイル君の普通の反応が微笑ましいですねぇ。

恒例のキイの挨拶とミック君の初入館キャンペーンのお知らせと、サーシャさんの館内の説明も滞りなくすみ……と言いたいのですが、やっぱり見つかっているんですよ。

「俺の酒飲みの勘があの場所を逃すなと言っている。なに!? 宿泊者だけだとぅ！　金ならある！払うから飲ませてくれ！」

と怒濤の勢いで詰め寄られ、初宿泊料金をお支払いしてくれましたよ。こちらにも正規の初宿泊者という事でキャンペーンがありまして、２人以上の宿泊はお一人様無料という事になりましたけどね。

という事で3名様ご案内です。いや、1人、フリードリンクコーナーに突撃していきましたね。で、休みという事で昼からゆったり呑んでいるセイロンのヒースさんやテラのスレインさんが、

「お、親父も来たか」と会頭さんを迎えてくれています。

「おお、ヒースにスレイン、元気そうじゃねえか。お、ジェイク相変わらず顰《しか》めっ面しやがって。ザック、お前呑んでいるのなんだ?」と会頭さんも気軽に声をかけて輪の中に入っていきます。会頭さんはあっちに任せても良さそうです。

僕はまだ状況が飲み込めていないジーク君とドイル君を案内しましょう。って言うか２人共なんか浮かれてますね。

「おい、ジーク！　ジェイクさんいるぞ！　相変わらず渋いよなぁ」

「ドイル！　ヒースさんだ！　凄え、本物！　ザックさんまでいる！」

うん、皆さんのファンなんですね。それも含めて楽しんで貰いますか。まずは大浴場に向かいますよ、と2人を誘導するとお風呂上がりのケニーさんと会います。

「やっぱり連れて来たのね。貴方達も楽しんで。私も親父さんに挨拶してくるわ」

にっこり2人に笑いかけて休憩所に歩いて行くケニーさん。「凄え可愛い……」と青少年を骨抜きにしていきました。レイナさんにもあったらこの2人どう反応するんでしょうねぇ、と思いながら案内する僕。

脱衣場に着き、その綺麗さと珍しさに子供みたいにはしゃぐ2人は、大浴場を見ると「おおおおお!!」と感激して叫んでました。ここも初めて使う人には案内が必要ですから、僕も裸のお付き合いをさせていただきました。

すると洗い場にはテラのグレッグさんの姿が。

「なんだ、トシヤ。また入館者連れて来たのか？」

と鍛えあげられた裸体を惜しげなく見せています。まぁ僕は別に気にしませんけど。ふん！

するとドイル君がグレッグさんに突撃していきます。

「グレッグさん！　貴方の討伐の活躍話が俺の憧れなんです！　握手して下さい！」

「うおっ！　なんだ、なんだ？」

いきなりファンが押しかけて来て戸惑うグレッグさん。でも握手してあげるなんていい光景です。

……裸じゃなければ。あれ？　ジーク君、君もですか。うん、好きにして下さい。

握手をしてもらって上機嫌な2人に、まず洗い場の説明をし、サウナの使い方と大浴場の入り方を伝えます。その間にグレッグさんはまったりと大浴槽に浸かり「ゆっくり入って来な」と言って脱衣場へ歩いていきました。

その後は全部制覇したい男心でしょうか。僕は泡風呂でまったりしてますが、2人はサウナで楽しんだり、ジェットバスに痛がったりと声をあげて笑っています。全種類試してめちゃくちゃ楽しんでいますねぇ。

流石に落ち着いたのかまったり大浴槽に3人で浸かっていると、ジーク君が僕に話しかけてきました。

「なぁ、トシヤさん。トシヤさんは表には出ない方がいいんじゃないかな」

「あ、それ俺も思った。こんだけ凄え施設を持っているんだ。目立つ事は避けた方がいいんじゃねえかって」

ジーク君の言葉に同意するドイル君。うーんそれはどういう事でしょうかね。確かに僕は目立ちたくはないですけど。

「ん？　と言うと？」

「端的に言うと、グラレージュに商品を委託販売してみないかって事なんですけど……」

委託販売ですか。確かにグラレージュは知名度ありますし、販売実績も申し分ないですね。信用度は今日接しただけでも十分ですし。と僕が考えていると、ドイル君も言葉を重ねてきます。

「俺達じゃ信用ないかもしれないけど、親父さんの腕は確かなんだ。それにグラレージュだけに得があるわけじゃなく、トシヤにだって利益はある。一から築いていく手間も流通経路の開拓も既にこちらにはあるし……」

「それに契約書もきちんと作るし、貴族とも面倒なやり取りしなくても大丈夫ですよ」

流石に鍛えられているだけあって、2人が上手くカバーしながら説得してきますね。でもそうなんですよねぇ。面倒事は避けたいですし、それに……。

「そうですねぇ。じゃあ、僕、2人に任せたいのですがそれじゃ駄目ですか？」

「え!?　こう言っちゃなんだけど、俺らでいいのか？」

「ドイル！　トシヤさんのこの機会は逃しちゃ駄目だ！　トシヤさん、男に二言はありませんね」

僕の言葉に少し弱気になったドイル君を、ジーク君が発破をかけます。うん、やっぱりこの2人なら上手くやれそうな気がするんですよね。僕は魔石を買えるだけのお金があればいいわけですし、後はこの2人の手助けになれればそれで良いな、と考えたんです。上手く乗ってくれました。よかった、よかった。

「勿論ですよ。でも手数料は3割でいかせてもらいますよ」

僕の言葉に「当然です！」とやる気を見せる2人。いいですねぇ。僕も助かりますし。

またまたお風呂場で重要な話が進みました。

お風呂って凄いですねぇ。

じゃ、あとは会頭に話をつけましょうか。

「っっかあ〜！　昼から飲む酒の旨さよ！」

「相変わらず飲みっぷりいいな、親父」

「全くだ。旨そうに飲むんだよなぁ」

　僕らが気持ちよく大浴場から休憩所に戻ってくると、これまた気持ち良さそうにビールを飲む会頭さんの姿が。同じテーブルでテラのリーダーボルクさんとセイロンリーダーのゼノさんが飲んでいる姿もあります。

　あ、リーダー達も冒険者ギルドから戻って来ていたんですね。

　他のメンバーも休憩所でまったり話していたり、ライ君、リルちゃんと遊んでいたり、マッサージチェアでくつろいでいたりとそれぞれが自由に過ごしています。

　ん？　リーヤがキイのところに来てますね。ミック君はグラスを片付けながら興味深そうに聞いています。サーシャさんは？　グランの受付カウンターに座って勉強中ですか。最近彼女の席はグランのところなんですよね。頑張っています。

「トシヤ、親父さんの側に行って話そうぜ」

「駄目だよ。これも練習だよ。商談はもう始まっているんだ。雰囲気作りからやっていかないと！」

　ドイル君が会頭さんのところへ行こうとするのを、引き止めるジーク君。やはり彼らは２人揃っているといいですねぇ。何やら相談中です。僕はどうしましょうかねぇ、と思っているとレイナさんから呼ばれています。ジーク君達に一言言ってからレイナさんのもとへ。

レイナさんは喫茶店のテーブル席で、ティアさんとケニーさんとお茶をしていたみたいですね。

「レイナさん、おかえりなさい。首尾はどうでした？」

「ああ、上々だ。まぁ座れ」

レイナさんがティアさんの隣の空いてる席を指差します。これは魔石の事でしょうかね。僕が座るとレイナさんが話し出します。

「まずは今回の褒賞金が各チーム金貨1000枚だった。で、ウチのチームは金貨500枚を硬貨で、金貨500枚相当は魔石に換えて貰った。ウチの場合1人当たり金貨100枚ずつ渡す事になる。当然トシヤもだ。ここまではいいか？」

おや、僕も貰えるとは思ってませんでした。ここがこのパーティの良いところでしょうね。

「ありがとうございます。でも現金に関しては僕は討伐してませんし、皆さんで分けて下さい。そうなると僕は金貨500枚お金を用意しなくてはいけないんですね」

僕がそういうと「ほらな」と言う2人。ケニーさんは面白そうに見ています。ん？　なにがですか？

「トシヤ、お前は自分の力を過小評価しすぎだ。私達が最善の状態で戦えたのはお前がいたからだぞ。だが、そういうだろうと思ってお前には現物支給にする事にしたんだ。勿論これはみんなの総意だぞ」

　そう言って目の前に魔石の入った大きな袋を出すレイナさん。え？　まさか……金貨５００枚分の魔石全部ですか⁉

「考えてみろ。クライムメンバーはこれからここを拠点とするんだ。宿代それも酒代まで浮くんだぞ。はっきり言って十二分過ぎるぐらい満足している。だが、まだ快適になるんだろう？　だとすれば自分の取り分より設備に使いたくなるのは当然だと思わないか？」

「そうよお。自分達が稼いだ分だけ家を快適にする為に使うのは当たり前でしょう？」

　レイナさんの言葉にティアさんも同意しています。さらにニコニコ聞いていたケニーさんからも爆弾発言が。

「あ、セイロンも同じだからね。後でゼノから魔石受け取ってね」

　お菓子を受け取って、みたいな軽さで話されてしまいました。いやいや皆さんそれは僕が取りすぎでしょう！　ってライ君、リルちゃんどうしました？　座っている僕の横に来て、ジッと僕の顔を見て話し出すライ君、リルちゃん。

「みんなからのありがとう、もらわないの？」

「おかあしゃんいってたの。ありがとうっていったらありがとうっていうの」

　まさかの２人からの言葉に、ティアさん達の顔を見るとニヤニヤしているじゃないですか。これはヤラレました。ライ君達を使うとは……勝てません。

「わかりました。皆さんありがとうございます」

　僕がこう答えると……

「「「「「よっしゃあ！」」」」」

いつの間にか全員が僕らの会話を聞いていていました。ヒースさんはライ君、リルちゃんの頭を撫でています。もしかして、仕込んだのはヒースさんですか？

僕が苦笑しながらライ君達をみていると、テラのボルクさんからも「ウチからもだ」とドサっと膝の上に置かれます。

「ええ！　テラからもですか!?」

「当然！　ウチだってみんなの総意だ。断るなよ」

ボルクさんが言った後「ほらほら、使ってみればみんなの為になるって！」とスレインさん。

「やってみろって」というグレッグさんの後ろで「ゼノー！　ウチはどうした！」と叫ぶセイロンのハックさん。

結局僕のところにゼノさんも持って来て、大量の魔石が3袋分。これはみんなの為に使わせてもらいましょう。となると……

「エア、魔石を〈トランクルーム〉へ。魔石総数を数えて下さい」

エアからの答えに注目が集まります。

『はい。現在入手出来た魔石数Aランク魔石26、Bランク魔石45、Cランク魔石321、Dランク魔石5000です。更にAランク魔石は1つに対して通常の魔石1000個に相当し、Bランク魔石は通常魔石の100個に相当、Cランク魔石は通常魔石50個に相当、Dランク魔石は1つに対し1個に相当します。この数式のもと計算しますと、総合計数は5万1550個分に相当します。これに元々在庫していた魔石を合わせますと、現在5万2350個相当を所有しております』

これには全メンバーが「「「やったぜ！」」」

「良し！〈こんびに〉が近づいたな」

「充電機能だろう！」

とそれぞれ希望を口にします。ですが、まずはこれが優先です。

「エア、パスポート申請機の設置をお願いします」

『畏まりました。パスポート申請機0／1000（魔石数）を設置致します。残り魔石総数は5万1350個相当となりました』

エアが言い終わるとグランの受付近くに、縦長の白いパスポート申請機が現れます。

【宿泊】
年間パスポート　1650万ディア（MP165）
マンスリーパスポート　150万ディア（MP150）
ウィークリーパスポート　30万ディア（MP30）
【入浴】
年間入浴無料パスポート　3万5000ディア（MP3）
【通行】
年間通行無料パスポート　3万ディア（MP3）

『オーナー、設置完了致しました。パスポート発行可能です。詳細をお伝えします。宿泊パスポートをお持ちのお客様は、基本その期間の朝食夕食付き、入浴無料、フリードリンクコーナーの使用が可能となります。年間入浴無料パスポートの方は入浴のみ期間内無料でございます。また、［出張扉］が設置された際に年間通行無料パスポートの発行が可能となり、施設が増えるたびに項目が順次増えていく予定でございます。更に、パスポートはカード型となり、所持者の魔力を記憶させる事により、盗難、紛失、偽造対策となっております。またオーナー限定で魔力対価により購入可能です』

「ありがとうございます、エア。では早速21名分の年間宿泊パスポートの発行をお願い出来ますか？」

『畏まりました。オーナーのＭＰ３４６５消費させて発行致します』

エアの報告が終わると、カードがゴトっと出てきました。購入枚数によってまとめて綴られて出てくるか、１枚ずつカードが出てくるかになるみたいですね。

僕はカードを取り出して、一人一人に渡していきます。「これから宜しく頼みます」と言って渡すたびに歓声が上がるのと同時に声がかかります。

「任せとけ」

「こちらこそ」

なんか嬉しいですねぇ。

さて、残りは木陰の宿のメンバーです。リーヤには渡しましたが、残りの皆さんは夜に渡しましょう。

そして問題のグラレージュの皆さんです。

さぁ、ジーク君、ドイル君、一緒に会頭を説得させましょう。


ワイワイと出来たばかりのパスポートに魔力を通す皆さん。嬉しそうにしている姿はこちらもまた嬉しくなりますねぇ。

さて、そんな光景をつまみに飲んでいる会頭さん。その様子を見ているドイル君とジーク君のもとへ。

「なんとまぁ良い光景だぜ！　美味い酒が更に美味くなってとまらんわ」

ガハハと笑いグラスのお酒を飲み干す会頭さん。顔色ひとつ変わってません。うわばみ居すぎですよ、異世界。お酒の消費量ってすごいんでしょうねぇ。

僕は少し遠い目をしながら会頭さんに切り出します。

「会頭さん、ご相談があるのですが良いでしょうか？」

「おう！　なんだ畏まって」

ご機嫌に返事をする会頭さんの横にいるドイル君、ジーク君に目で合図を送ります。すぐに理解してくれた2人は頷き、まずはドイル君が話しかけます。

「親父さん、俺達に好きなようにやって良いと言ってくれましたよね。その言葉は有効ですか？」

「なんだドイル改まって。出した言葉に責任もてと、いつも言ってる俺が守らないでどうする」

「勿論親父さんが、守らない事は俺見た事ありません。だから親父さんを尊敬しているんです」

「おいおい、なんだ照れるじゃねえか」

ドイル君はまず褒めて、言質を取っています。そして会話に入るジーク君。

「僕も同じく尊敬する会頭に倣《なら》って行きたいと思っています。そして更にグラレージュの役にも立ちたいと」

「ふむ。続けろ」

「はい、先ほどトシヤさんにグラレージュにトシヤさんの商品を委託販売するように勝手ながら提案させて頂きました」

「ほう……委託販売か。それで？」

「もし会頭が許可を下さるならその担当を僕とドイルに任せて頂けないでしょうか？　これはトシヤさんからの依頼でもあります」

言い切ったジーク君に、隣に立つドイル君も真剣な表情でジッと会頭の返事を待ちます。顎を左手でさすりながら考える会頭。ん？　口の端が上がってるようにも見えます。

「手数料は？」

「3割です」

「少ねぇなぁ。グラレージュの名前でそれかぁ？」

会頭はニヤニヤしながらジーク君、ドイル君を追い込みます。もう一声！

「トシヤさんの商品は高値で販売になります。3割でもグラレージュにとって大きな利益になる事でしょう」

「ジークの言うようにこのホテルにはまだ商材が隠れています。商品の価値はグラレージュの名前に箔をつけるものとなると見込んでいます！」

おお！　ちゃんと見てますねぇ。まだまだ商品は増える予定ですよ。さてどうでしょうか、会頭。

「……まだまだ甘いが、そのやる気は買ってやる。と言うかトシヤに感謝しろよ、お前ら。この商材は本来もっと責任のある奴に任せる案件だ。それに、依頼者がさらに特典つけてくれるから了承するようなもんだ。なぁトシヤ」

流石、年間宿泊パスポート進呈するのバレてますねぇ。隠せません。

「はい。会頭とジーク君、ドイル君は勿論。奥様にも年間宿泊パスポートお渡ししますよ。またグラレージュで良い成績と信頼のある方達の報酬にこのホテルを利用して下さって構いません」

「お！　福利厚生に良いな。その案は貰うぞ。だがそうなるとわざわざ木陰の宿まで来るのは難しいがその点はどうするんだ？」

「はい出張扉を木陰の宿、グラレージュ本店に設置させて頂きたいと考えています。詳細は僕のパートナーのエアから説明させて頂きます」

いやぁ、まだ詳しい話僕も聞いてないだけだったりしますけど。頼りになるエア、お願いします！

『ご紹介に与りましたエアと申します。出張扉についての詳細をご説明させて頂きます。出張扉は防犯上、入って来た扉以外からは帰宅できない仕組みになっております。また通行パスポート機能設置の扉につきましては、例外としてどの扉でも行き来は可能になっております。木陰の宿、グラレージュ本店に設置する予定の出張扉は通行パスポート機能のない扉となりますので、ご安心下さい。また出張扉のご使用に関しましては宿泊、入浴、通行のいずれかのパスポートをお持ちのお客様のみのご利用となります事をご了承下さいませ』

成る程ねぇ、と僕まで感心してしまいました。あ、パスポートを会頭さんとジーク君ドイル君にも渡してしまいましょう。

「では皆さん宜しくお願いします」と3人にパスポートを渡します。嬉しそうに受け取るジーク君にドイル君。

「俺の事は親父と呼べ」

と会頭さん。おお、異世界で親父と呼べる人までできましたね。

出張扉に関しては後ほど設置する事を約束しまして、皆さん期待して待ってますし、やりますよぉ！

「エア、次です。亜空間グランデホテル設定からバージョンアップをお願いします」

『畏まりました。バージョンアップ0／1000（魔石数）（ビジネスホテル　Aタイプ）に魔石を消化させて頂きます』

エアが話終えるとまたレベルアップ音が鳴り響きます。いや、本当遊んでますよね、エア。更に情報開示してくれます。

【名称】亜空間グランデホテル
【設定バージョン1】1・カプセルホテル　Aタイプ
　　　　　　　　　2・カプセルホテル　Bタイプ
　　　　　　　　　3・ビジネスホテル　Aタイプ
【バージョンアップ】0／1000（魔石数）
　　　　　　　　　（ビジネスホテル　Bタイプ）NEW！
【限定オプション店】喫茶店
　（漫画喫茶〈喫茶店に併設〉MP4万5000）
　（コンビニエンスストア　MP5万）
　（会議室3部屋〈各部屋ノートパソコン、モニター、プロジェクター、プリンター付〉&館内Wi-Fi　MP6万）NEW！
　＊ビジネスホテルBタイプ開放時に購入可能。
【館内管理機能】1日消費MP1200

「更にオーナーのステータス値が上がりました」

トシヤ　（19）男
ＨＰ　３００
ＭＰ　１０００００／１０００００
スキル　生活魔法
ギフト　亜空間ホテル
称号　異世界からの来訪者

うわ！　倍になってるじゃないですか！　しかも今日必要な運営ＭＰは消費済みですから、気にせず使えます！　どうしましょう！　どうしましょう！

僕の様子がおかしいので、不安になったのでしょう。「ちょ、ちょっとトシヤ？　どうした？」とザックさん。おお！　これは喜びを共有すべきですね！

「皆さん！　僕の魔力量が増えました！　コンビニも漫画喫茶も開放出来ますよ！　それにお土産コーナーも充電機能も選び放題です！」

「マジか！」

「『こんびに』が出来るのか！」

「やったじゃない！」

「充電機能がいけるのか！」

僕の喜びの叫びに即座に反応したのはクライムのみんなだけ。

他のメンバーは頭にハテナマークが出ています。あ、そういえば詳しい説明してましたっけ？　と思い直し、エアに詳細を説明してもらいます。説明が終わって……

「『すっげぇ！』」

「きゃあ！　また綺麗になれるの？」

「酒が増えるのか！」

「寝ると回復するなら依頼こなせるじゃないか！」

「コンビニ一択だな」

そうそうこの反応が欲しかったんですよ！

でも一度にやるのは不可能です。一日で見て回れませんからね。という事で数日置きに出していきましょう！

さて、最初に出すのは皆さん何だと思いますか？

ピロンピロンピロンピロン……

『いらっしゃいませ！　コンビニエンスストアグランデにようこそおいで下さいました。まずはお一人1台、入り口右側にあるスマート端末をお持ち下さい。気になる商品を端末カメラに映すと商品のご案内が始まります。さあ！　ごゆっくりお買い物をお楽しみ下さいませ』

……まさに異世界対応ですねぇ。僕は大体わかりますが、初めての来店者はわからない未知のものだらけです。そこにスマホならぬスマート端末ですよ。

所持者の音声にも対応もしてますし、設備の使用方法、会計方法までわかるように音声で誘導するのですから。

そして勿論コンビニ限定ミニタイプのエアが複数いるようなものですね。

「ビニー、会計まで進んだ人はいますか？」

『いいえ、オーナー。皆様熱心に商品をご覧になっておりますわ。まだ時間かかると思いますわよ』

「そうでしょうねぇ……」

店内に散らばるメンバー達の様子に、僕は遠い目をしてしまいます。

あ、皆さんビニーは女の子の声だと思いますよね。まさかの男性声なんですよ。AI版ティアさんみたいな感じです。僕も驚きました。名前つけた途端にこうなったんですよ。本当になぜ？　って思いましたよ。

あ、僕の名付けに期待しちゃ駄目なことは、エア達でわかるでしょう。こんなもんですよ、慣れて下さい。

さて、店内の様子はと言うと……。

「何だ、これは……」

『今手にお持ちの商品は、甘いクリームがたっぷり入ったシュークリームという商品です。生地がサクサクで中にはカスタードクリームと生クリームという2種類のクリームが入っています。一度に2種類の味を楽しめる逸品でございます』

「何という贅沢……ではこれは？」

『はい、濃厚なチョコレートをシュー生地の上からたっぷりコーティングした「エクレール」という商品です。中身は生クリームやカスタードクリーム、またはチョコクリームで甘いものが食べたい時に満足させる逸品でございます』

「なんと！　ここは宝だらけじゃないか！　ああ、あれもこれも全てが宝石のように輝いている！　だが、一度に楽しむのは勿体ない……毎日1つずつ楽しんでいこうじゃないか。だが、そうなると迷う……」

えー、言わずと知れたレイナさんです。スイーツがあると聞いてからずっとスイーツコーナーから動いていません。商品をあれこれ悩みながら手にしていますが、なんか幸せそうですねぇ。

幸せそうと言ったら……。

「これはどう使うの？」

『そちらはマニキュアという商品で美しい爪をさらに魅力的に仕上げる商品でございます。気分によって爪の表情が変わるのも1つのオシャレとして提供させて頂いております』

「へぇ～、面白そう」

「ちょっとケニー！　この色いい色だと思わない？」

「え？　ちょっとティアさんつけるの？」

『そちらは肌をきれいに見せるパーソナルカラーで洒落感あるリップスティックでございます。潤いを閉じ込め色持ちも良い逸品となっております』

「うん、それはいいけど、ティアさんつけるの？」

「なによぉ、いいじゃないこの色なら」

「うん……というか見た人逃げていかなきゃいいけど……」

……ああ、ケニーさんに同意します。筋肉隆々の身体つきで、男らしい顔の唇だけが潤いぷるんとしているのは誰得でしょう……。

はい、こちらはケニーさんにティアさん。スキンケア、コスメコーナーでずっと商品の説明を受けています。あれでまだ数品ですよ。長くかかりそうです……。

長くかかるといえば調味料コーナーのリーヤでしょうねぇ。

「これは何だ？」

『そちらはサラダを美味しく頂くために加工されたドレッシングという調味料です。かけるだけで本格派の味を楽しめ、種類も胡麻、オニオン、シーザーとご用意させて頂いております』

「くっそお、一口でいいから味見したい！」

『店内での商品の開封は盗難とみなし、強制退去となります』

「だー、わかってるよ！　全部買うよ！　で、茶色いこれは何だ？」

『そちらは発酵食品の味噌でございます。お湯に溶くだけで簡単にスープができる優れもの。炒めもの、煮物、お肉をつけ焼きするなどバリエーション豊富な調味料でございます』

「すっげぇ！　これか！　キイさんが言ってたやつ！　これも買いだ！」

見事にカゴの中調味料だけですねぇ。リーヤの場合、加工食品、お弁当と見るもの沢山ありそうですから、これはまだまだかかりそうです。

まぁ、時間かかるといえばここもでしょうねぇ。

「これはまた新しい酒だ。これは何だ？」

『米という穀物、米麹、水だけで造られた純米酒でございます。こちらでは炊きたてのライを想像してみてください。おいしいライは、甘みや旨味が凝縮されているのを感じられると思います。純米酒は、この炊きたてのライと同じように、米のおいしさを引き出している日本酒というものでございます』

「ふむ、それもまた試してみたいものだ」

「ガレム、こっちとの違いはわかるか？　似ているんだが」

『そちらは吟醸酒でございます。そちらとは製造工程が違い、味の違いで言えばフルーティで華やかな香りが生まれますのが吟醸酒、もう1つの商品は香りは控えめでスッキリとした辛口のお酒が多くなるのが特徴の本醸造酒でございます。是非購入後に飲み比べてみる事をおすすめ致します』

「良し、これは1本じゃ足りんな。5本は貰おう」

「まて、焼酎も違う種類があるぞ」

「なに？　どれだ？」

ええ、ここはガレムさんとテラのジェイクさんです。ワインもビールもあるのに迷わず日本酒にいくあたり、真性の酒飲みですねぇ。隣でワインやビールを選んでいるテラのスレインさんや、グレッグさんがなんか微笑ましいです。

微笑ましいと言えばお菓子コーナーでワイワイ言っているミック君、サーシャさん、ライ君、リルちゃん。駄菓子コーナーで何を買おうか悩んでますし、お互いの好みを勧めあっています。上手くスマート端末も使ってますしね。子供達は順応するのが早いです。頭が柔軟なのはいいですよねぇ。

そういえば柔軟な人達はまだいました。

「なぁこれは何だ？」

『お湯を注いで数分待つだけで食べられる携帯食カップラーメンでございます。こちらは野営時に最適な商品で、お湯で温めるだけで食べる事の出来るレトルト食品もございます』

「これは軽いし、扱いが楽そうだ。何より必要な物がお湯だけというのがいい！　俺らのパーティは料理下手だらけだから野営は悲惨なんだよなぁ……」

ちょっと切ない話をしているのはテラのリーダー、ボルクさん。うんうん、それはおススメですよ。あ、カゴに1種類ずつ入れてますね。お買い上げありがとうございます。

「へぇ……下着やタオルも買えるのか。お、これいいな」

セイロンのハックさんがみているのはコンビニエンスウェアと言われるコーナー。インナーを手にしていますね。冒険者は汗もいっぱいかくでしょうし。あ、タオルもありますよ。

その中で、既に馴染んでいるのがセイロンのヒースさん。イートインスペースでここでもコーヒー買って飲んでます。一番に会計した人ですね。セルフレジも困る事なくスムーズにこなしていました。スマートですねぇ。

そんなスマートな人の近くで騒いでホットスナックを買って食べているのはセイロンのリーダーゼノさんとクライムのザックさん。買う前に食べちゃって『おいゴラァ！』とビニーの本性を出させた2人。

初めての人がやりがちな間違いをするのはわかりますが、AランクとBランクを声だけでビビらせるビニーも大したものです。まぁ、懲りずに大量に買って。

「これイケル！」

「やべえ、これ食ったら串焼きじゃ満足出来ねえ！」

これも美味い、あれも美味いと食べる2人。こちらも流石です。

さて、異色なのが入り口近くで真剣に話し合っているグラレージュの商人3人。一番楽しみにしてた筈なんですけどね。ん？　なんか手でくるように呼ばれましたねぇ。ちょっと行ってみましょう。

「トシヤ、しばらくこの店でこの2人鍛えてくれねえか？」

親父さんが突然の提案をしてきました。

「僕らがトシヤさんの商品を一番に理解しておかなければいけないと思っています」

「そうなると、この店はうってつけなんだ。まずはここで商品の勉強をさせて欲しい」

ジーク君とドイル君も真面目な表情で頼みこんできます。確かに種類は多いわ、未知の商品だわで知識がないと売れませんよねぇ。勿論僕は賛成ですが、その前に割り込んできたのが……。

『あらぁ、この子達が手伝ってくれるのですか？　まぁ嬉しいわぁ。よーしてめえら、ビシバシいくからついて来なぁ！』

ビニー……君、オーナー一応僕ですよ。しかも本気モードですか。

「ええと、ビニーもこう言ってますし、勿論です。ビニーには商売の知識も豊富ですから色々学べる事もあると思いますよ」

僕の返事に喜ぶ2人。早速「「ビニーさん！　宜しくお願いします！」」と頭を下げています。

「こりゃいいもん見せてもらったぜ。流通経路は任せな！　お前らはしっかり売り込めるよう鍛えてもらえ！」

ガハハっと笑い頼もしい言葉を言ってくれる親父さん。

「「はい！」」

という爽やかな返事と共に、コンビニエンスストアグランデに新たなスタッフが入りました。

それにしても、皆さんなかなか会計に来ないですねぇ。

コンビニで凄く楽しんでいるみたいですし、僕は僕で本来の業務、宿泊施設の増設に行きましょうか。

「エア、僕の現在の魔力量は幾らですか？」

『現在のオーナーの魔力量はＭＰ５万でございます。今、ビニーがスタッフ登録を完了させ、ジークとドイルが正式なコンビニスタッフになりました。まずはスタッフルームの増設を提案致します』

ああ、そうですね。ええとスタッフルームは……追加オプションの館内設備のスタッフルームMP2万（カプセルホテルAタイプベッド、サイドチェスト、トイレ付き）でしたね。スタッフルームは勿論作るのですが、先に気になっているこちらを優先しましょう。

《追加オプション》
【館内設備】
・ビジネスホテルAタイプ　シングルルーム　MP2万5000（ワイドシングルベッド、電気スタンド、TV（館内Wi－Fi開放後使用可能）、湯沸かしポット、ミニ冷蔵庫、トイレ付き）NEW！

これ今日親父さんが泊まる場所としてランクアップさせていいかな、と考えていたんですよね。だって、キャンペーン中で1人分浮いたとはいえ、親父さん払ってるの2人分ですよ。ジーク君とドイル君、スタッフになっちゃったし。

ってうわぁ!!

「おう、トシヤ。今度はどこに行くんだ?」

立ち止まって考えていたら、親父さんに背中をバンっと叩かれました。お、親父さん、加減して

ください よ……背中ヒリヒリします。

「親父さん、普通に声かけて下さいよ。今から客室を作りに行こうと思ってたんです」

「俺の泊まる部屋か？　あいつらと同じ部屋じゃないのか？」

「親父さん2人分払ってるじゃないですか。同じじゃ申し訳ないですよ」

「ああ、あいつらスタッフってやつになったからか。ふむ、面白そうだから俺も行くぞ」

いや親父さん、普通について来る気満々だったでしょうが。まぁ良いですけどね。

ワクワク顔の親父さんを引き連れて、まずは起点となる休憩所へ戻ります。今は客室兼専属護衛部屋となっているカプセルルームタイプAの通路の隣に、ビジネスホテルタイプを増設したいんですよ。まぁその辺はグランが上手く調節してくれるでしょう。

「じゃ、エア。ビジネスホテルAタイプの客室を設置してください」

『畏まりました。ビジネスホテルAタイプ　シングルルーム　MP2万5000を設置致します』

エアが言い終わると、今まであった広めの客室に通じる通路がアルファベットのTの形の通路に変わりました。正面の案内標識には右がカプセルホテルAタイプ、左がビジネスホテルAタイプと記されています。左右で部屋のタイプが分かれるようになったんですね。

これには親父さんも「うおお！　なんだこりゃ！」と驚いていましたね。いやぁ、いきなり叫ばれて僕も驚きましたよ。でも良い反応です。

「さぁ、親父さん見に行きましょう」

「あ、ああ」

まだ驚きを隠せない親父さんをビジネスホテルＡタイプの部屋へご案内しましょう。ガチャっとドアを開いて親父さんを招き入れます。

入った途端に「ほう……」と感嘆の声を出す親父さん。僕も内部を見ると、温かい色合いのベージュの壁にモダンな模様の絨毯タイルカーペットが敷き詰められています。入り口横には個室トイレの扉でしょうかね。

そこから奥に進むと、右に綺麗にベッドメイキングがされたワイドシングルベッドがあり、左にはロングテーブルと椅子があります。テーブルの上には32型の壁掛けＴＶとスタンドライト、湯沸かしポットとお茶にカップが用意され、テーブルの右下にミニ冷蔵庫が備えつけられていました。

ここでエアの説明が入ります。

『こちらは本日設置されましたビジネスホテルＡタイプの部屋となっております。壁にかかっている液晶テレビは現在は使用できません。予めご了承ください。また入り口から入ってすぐの扉は洗面台付きトイレとなります。髭剃り／シェービングフォーム／歯ブラシ／使い捨て用クシ／ヘアオイル／ヘアワックスをご用意しております。お気軽にご利用下さい。湯沸かしポットの隣にありますお茶は、セルフサービスでございます。ティーバッグがなくなり次第お知らせ下されば補充致します。ミニ冷蔵庫内に入っている飲み物は、宿泊キャンペーン対象者のみ全て無料とさせて頂きます。但し追加注文は有料となります事もご了承下さいませ。ビジネスホテルＡタイプからはルームサービスがご利用できます。壁に備えつけられている電話にて喫茶店と繋がりご注文が可能です。ルームサービスメニューもカタログをご覧ください。以上でご案内を終了させて頂きますが、ご質問はございませんか？』

　エアから尋ねられた親父さんは、部屋のなかを見回してからベッドに腰掛けます。

「こりゃあ使ってみない事には何とも言えねえが、今のところは文句ねえな」

　ベッドの触り心地を確かめながら、ニッと笑い返す親父さん。すかさずエアが補足します。

『ありがとうございます。では何かご不明な点がございましたら、電話の受話器をとりまして1#を押して下さいませ。フロントのグランへと繋がるようになっております。喫茶店へは2#をご利用くださいませ。私からのご案内は以上でございます。ご清聴ありがとうございました』

　うん、流石エア。抜かりありませんね。

「まぁこんな感じです。どうですか、親父さん」

　僕の質問に頭をぼりぼりかきながら「あ〜……」と何か喉に詰まった声を出す親父さん。ん？　どうしたんでしょう？

「トシヤ、商業ギルド長を早めに巻き込まねえか？　出来るだけ早い段階が良いが、少なくとも部屋数を10部屋以上にしてからの方がいいだろうなぁ。……この施設は想像以上だ。安全策はいくらでもあった方が良いと思うんだがどうだ？」

「それは勿論考えています。ですが、まず部屋を作ってからですか……」

「ああ、それにまだある。まず金が必要な場合は、お前の商品はしばらく俺の経路からのみ販売するようにさせてくれ。まだこのホテルの存在を明かすには時期が早い。いいか？　このホテルは必ず繁盛する。ならば先に人を育てるべきだ。今いるスタッフっていうのだったか、やる気はあっても子供は子供だ。矢面には大人を立たせろ。多くの人を回せるようにならないと、大事な人材が潰れるぞ。だからこそ、人材を多く抱え込む商業ギルド長、やつをまず取り込め」

じっと僕の目を真っ直ぐ見て話す親父さん。かなり親身になって考えていてくれたんですね。有り難いなぁ。ならば僕も真面目に返答しましょう。

「親父さんの貴重な意見、しっかり受け止めたいと思います。僕は経験が浅いですし、親父さんのように率直に意見を言ってくれる人は貴重です。ですから親父さん、これからも僕に色々教えて下さい」

ぼくが親父さんに右手を出すと、親父さんも右手でぎゅっと握手をしてくれますが……痛い痛い痛い！　親父さん力入れすぎですって！

「まぁったくよぉ。またとんだ息子ができたもんだ。だが安心しろ、俺は息子と思ったやつにはしっかり教え込むからよ。確実に地盤を固めていこうぜ」

最後にバシッと気合いの背中叩きを貰い、痛がる僕。うう、身体鍛えなきゃいけませんかね。

その後は戻って来たみんなが、新たな部屋ができた事を知り、親父さんの部屋に突撃しに行ったり、木陰の宿のみんなが仕事終わった後コンビニでしばらく戻って来なかったりと、相変わらずの賑やかさ。

僕はスタッフルームも設置して、ジーク君とドイル君を案内して感激されたりと、またもや濃い一日が過ぎていきました。

しばらくは客室や設備の設置に力を入れないといけませんねぇ。

……ところで、木陰の宿のみんなが戻って来てないのですがまだコンビニにいるんでしょうか？

まぁ、コンビニがみんなに受け入れられて何よりです。

さて、実はもう1つやった事があるんですよね。


「最近目覚めが良いんだよなぁ」

「ああ、環境が良くなったってのもあるけどな」

「あれだろ？　またトシヤが追加したやつだろ？」

コンビニを設置した次の日の朝の休憩所では、コーヒーやコーラを飲みながらテラのスレインさん、セイロンのハックさん、ザックさんたち斥候組が会話しているようですね。


そうなんですよ。客室を整えるにあたってまず実行したのはこれ。追加機能の充電機能0／1万（魔石）に魔石を投入したんです。これで残りは4万350個です。

これでぐっすり眠れるのは勿論、蓄積された疲労、二日酔い、身体の不調の改善がされるんですから朝の目覚めは爽快です。それにこれも追加しました。

【名称】亜空間グランデホテル
【設定バージョン4】1・カプセルホテル　Aタイプ
2・カプセルホテル　Bタイプ

3・ビジネスホテル　Aタイプ
4・ビジネスホテル　Bタイプ↑コレ
【バージョンアップ】０／１００００（魔石数）
（シティホテル　Aタイプ）NEW！
【限定オプション店】喫茶店
コンビニエンスストア
〈漫画喫茶〈喫茶店に併設〉MP4万5000〉
〈会議室3部屋〈各部屋ノートパソコン、モニター、プロジェクター、プリンター付〉&館内Wi-Fi　MP6万〉
〈ビュッフェレストラン&大広間　MP7万〉NEW！
＊シティホテル　Aタイプ開放後購入可能。
【館内管理機能】　1日消費MP1200

そう、ビジネスホテルBタイプも開放したんですよ！　で、次の施設見て下さい！　待望のレストラン、しかもビュッフェバイキングですよ！　ああ〜、魔石と魔力が欲しい！

まぁ落ち着きましょう。1つずつ確実にやっていくと決めたのです。ですから、親父さんに言われてから8日間、ずっと我慢して客室部屋を整えていたんです。

まずは、客室用カプセルルームタイプA［マットレス、敷き布団、薄がけ毛布、枕、リネン付き備え付き大型クローク付き　6人用］MP2万。これを4部屋追加。ウチで一番安い宿泊施設で1泊2食付きで5万ディア。

次に、客室用カプセルルームタイプB［マットレス、敷き布団、薄がけ毛布、枕、リネン、サイドテーブル、椅子付き　キャビンタイプ1人用］MP2万。これはみんなの要望もあって12部屋。今のところ専属護衛部屋になりました。ビジネスホテルAタイプでも良いのに、と言ったところこの狭さが丁度良いそうで。要望があったらランクアップしましょう。

そして、ビジネスホテルAタイプ　シングルルーム［ワイドシングルベッド、電気スタンド、TV（館内Wi－Fi開放後使用可能）、湯沸かしポット、ミニ冷蔵庫、トイレ付き］MP2万5000。6部屋用意しました。この部屋は1泊2食付き8万ディア。

最後に、ビジネスホテルBタイプ　ビジネスツインルーム［ワイドシングルベッド×2　電気スタンド×2　TV（館内Wi－Fi開放後使用可能）、湯沸かしポット、ミニ冷蔵庫、トイレ、簡易バスルーム付き］MP3万。この部屋も6部屋用意しましたよ。1泊2食付き10万ディア。……泊まる人いますかねぇ。

これに伴い年間宿泊パスポートも金額が四段階に増えました。

・カプセルホテルタイプA　年間1650万ディア（MP165）
・カプセルホテルタイプB　年間2100万ディア（MP210）

・ビジネスホテルAタイプ　年間2600万ディア（MP260）
・ビジネスホテルBタイプ　年間3300万ディア（MP330）

って感じですね。いやぁ高い高い。買う人は大金持ちですね。因みにマンスリーもウィークリーも4段階ですよ。まあ、使う人いたら教えます。

なんせ今このホテルを利用する人は、みんな僕が年間パスポートを渡した人だけ。あ、冒険者ギルド長とヤンさん、親父さんの奥さん（ブランさん）にも渡してます。護衛メンバーにも一番高いビジネスホテルBタイプのを渡し直してますよ。グレードダウンする分には構いませんし。


そして現在、専属護衛のメンバーの他にホテル住まいの方たちがいらっしゃいます。

「おはようございます、皆さん」

「おはようございます」

挨拶をして休憩所に顔を出したのは、冒険者ギルドの副ギルド長ヤンさんと奥さんのキャシーさん（人間で可憐なタイプの可愛い人ですよ）。

実は、ヤンさんが年間宿泊パスポート初購入者です。しかも一番高いビジネスホテルBタイプの料金です。初回購入特典として、さらに1ヶ月分安くしてますけど、それでも一括で払ってくれました。

ヤンさん曰く……。

「ここで寝るようになってから身体が軽くなってきて、毎朝爽快な目覚めですし、愛する妻にここ数年何もしてあげられなかったですからね。ここでゆっくり過ごして欲しいと思いまして」

とヤンさんがいい笑顔で教えてくれました。最も一番の理由は……。

「ふぁ～あ、はよ……」

「おい！　ギルマスまた泊まったのかよ。昨夜も飲んでいたもんなぁ」

スレインさんに突っ込まれているギルド長。今起きて来たみたいですね。そんなギルド長を見るヤンさんの目が、キラリと光ったように見えたのは僕の気のせいですかね。

「おはようございます、ギルド長。どうやら昨日もかなりお飲みになったようですね。と言う事は昨日私がお願いした仕事は完全に出来たと言う事で宜しいですか？」

「あ……まぁな……。ボソッ（半分残ってるがな）」

「ほう？　では私の手伝い無しで更に今日の分をお持ちしましょう。有能なギルド長なら出来るはずですよね」

「だー！　悪かったよ！　残っているから手伝ってくれ！　いや、下さい！」

「全く、仕方ない……。と言う事でキャシー。今日も遅くなるけど先に寝ていて下さいね」

「旦那様を待っていますわ」

「ああ！　なんて可愛いんだ、キャシー！」

ぎゅっと奥さんのキャシーさんを抱きしめるヤンさん。存分に奥さんを愛でた後、「朝食食わせろよ！」と叫ぶギルド長を引っ張って出勤していきます。２人の姿がここの朝の風物詩になりつつありますねぇ。多分またヤンさんコンビニでサンドイッチ買ってますよ、ギルド長。

「行ったかしら？」

そんな2人が去った後、ギルド長の奥さんのクレアさんが来店しました。ウチの常連さんで、年間入浴パスポートを初購入してくれた方です。

猫獣人でスタイル抜群のクレアさんにベタ惚れのギルド長は、クレアさんがいるとなかなか動きません。多分、昨日もベタベタしすぎて家を追い出されたのでしょう。これも日常と化してきています。

「クレアさん！　今日も来て下さったのですね！」

「キャシーとお茶するためだもの。キイさん交えてまたゆっくり話しましょ」

どうやら奥様同士も仲がいいご様子で。綺麗な女性2人が喫茶店でお茶をする姿はほっこりします。ライ君、リルちゃんとも良く遊んでくれますし、癒しの存在が増えました。

丁度その時、レイナさんとテラのリーダーボルクさんが冒険者ギルドから帰って来ました。

「いくぞ！　ザック！」

「スレイン準備出来たか!?」

正面玄関から元気な声と共に現れた2人。ああ、やっぱり依頼票沢山持ってますねぇ。ザックさん、スレインさん、2人同時にガタッと席を立ち逃げようとすると、既に後ろにいるボルクさん。

「行くよな？」と満面の笑顔で2人の肩に手を置いています。「「……はい」」と諦めた表情で返事をする2人。ハックさんは「行ってら～」と笑顔で手を振っています。ん？　となると僕の護衛は今日はセイロンの皆さんなんですね。

そうそう、僕の専属護衛の3パーティのうち、必ず1パーティは護衛についてくれているんです。他の2パーティは相談しながら依頼を受ける、というサイクルみたいですねぇ。

まあ、なかでもテラとクライムが一緒の時は、張り切りすぎて依頼の量が多いんです。その為普段からこの斥候2人は逃げようと画策しているんですよ。良く失敗してますけど。

でもまあ護衛で残るといっても、残りの1パーティはほぼ休みのようなものです。亜空間の中は安全ですからねぇ。みんな気楽に過ごしてますよ。まだ寝てるゼノさんもいますしね。

ミック君、サーシャさん、ライ君、リルちゃんは、今日もグランとキイからお勉強しながら頑張っています。え？　小さい子が働いているのに休憩所で座ってるだけで、僕は何してるのかって？

ちゃんとやってますよ。ねぇ、親父さん。

「いやぁ！　朝から飲める幸せよ！」

ぷはぁっと気持ち良さそうに生ビールを飲み干す親父さん。ちょっとちょっと、親父さんってば！

「親父さん！　何か話あるんですよね？」

「おお！　そうだったな！　ゼンから伝言だぞ。商業ギルド長と連絡取れて、明日木陰の宿に来るそうだぞ。なんか受付嬢も1人連れてくるみたいだな」

おお！　遂に商業ギルド長と対面ですね。明日は気合いを入れないと！

さあ！　今日は商業ギルド長が来館ですっていくと思いましたでしょう？　いやいや、準備しないといけませんから。まだ前日ですよ。

「で、あれはなんだ？」

現在、少々不機嫌な親父さんと、先程設置した施設の確認に来ています。親父さん機嫌直してくださいよ。だって一杯って言ったじゃないですか。ええ？　いっぱい？　屁理屈ですよ、それ。

まぁ、そんなやりとりもしつつ、目の前のエスカレーターを指さしている親父さん。

「はい、ギルド長を引き込むための有効な施設を設置してみたので、その確認を一緒にしてもらおうと思いまして」

そう言いながら僕が乗るとウィィィ……と動き出すエスカレーター。

「おい！　階段が動いているぞ！」

そうです。驚いている親父さんの目の前に出来た施設はこれ。

【限定オプション店】喫茶店
　コンビニエンスストア
　会議室3部屋&館内Wi－Fi↑コレ！
〈漫画喫茶〈喫茶店に併設〉MP4万5000〉

商業ギルド長にプレゼンテーションするには最適な場所でしょう。ただ驚いた事に設置したら、フロントとコンビニの間に上りと下りのエスカレーターも設置されたんです。この館内初の２階フロアですよ。

あ、親父さんも「ほほう」とか言って、楽しそうにエスカレーターで上がって来ましたね。初めて乗るとなんか楽しいんですよねぇ。子供も良く遊んでいるし。

「トシヤ！　この乗り物はいいな！」

「そうでしょう。足の悪いお年寄りでも移動できますからね」

「おい、俺はまだ40代だ」

「いや、一般論ですよ」

ちょっと親父さんを揶揄いつつ、出来たばかりの２階を皆さんに紹介しましょうか。

エスカレーターを上がると、広い通路に出ます。フロント側の壁はなく、代わりにおしゃれな欄干（手すりとも言います）が設置されています。ベンチも設置されていて、ここからは正面玄関、休憩所が一望できます。待ち合わせにもいいですね。

反対の壁側には、同じ作りの扉が広く間隔をあけて３つ並んでいます。取り敢えずエスカレーター近くの扉をまず開けてみましょうか。

ガチャッと扉を開けると、長テーブルがカタカナのコの字で配置されていました。椅子は18脚。扉側には司会する人用のテーブルと椅子があります。大型の壁掛けＴＶモニターも入り口脇に設置され、部屋の天井にはプロジェクターも配置済み。

これは本当に会議に必要なものが揃っています。取り敢えず、司会者席にあるノートパソコンを見てみましょうか。親父さんは「なんだこれ？」と不思議そうに機材を触ってみています。あ、叩かないで下さいね。

パソコンのメイン電源を入れると、例の如くエアが同期を開始します。親父さんは僕が何をしているのか興味深く覗きこんできます。「これは何をするものなんだ？」と質問が止まりません。

いやいや、ちょっとお待ち下さい。多分この施設にもいるでしょう。会話できるＡＩが。

しばらくして「同期が終了しました」とエアの報告の後にやっぱり挨拶して来ましたよ。

『初めまして、オーナー・トシヤ。私は２階フロアと館内Ｗｉ－Ｆｉを管理致しますＡＩです。宜しければ私に名前をつけて頂けませんか？』

初期電子音声の声でコンタクトを取ってくるＡＩ。えーとまた名前問題ですよ。ん～……特徴はＷｉ－Ｆｉですか。

「じゃ、ファイでどうですか？」

『ありがとうございます。では私ファイがこの施設のご案内をさせて頂きます』

名前をつけた途端、流暢に話す落ち着いた男性の声へと変化したファイ。良かったです、今回はまともで。ん？　誰ですか？　名前安易すぎるって言ってるのは？　いいんです、ここは僕がオーナーですから。

まぁ、誰に向かって言い訳しているのかわからなくなりましたが、話を戻しましょう。ファイによると、館内Ｗｉ－Ｆｉが設置された事により、館内のどこでも「エア」「グラン」「キイ」「ビニー」「ファイ」と繋がるようになったそうです。
それによってファイの機能が追加されたみたいですね。
『私の機能を表示します』とファイがいうと大型モニターが起動し、液晶画面に文字が映し出されています。

《グランデ会議室》
［会議室設定］
［備品発注］
［スタッフ登録］
［レンタルルーム］ＮＥＷ！

これまた面白そうなものが追加されていますねぇ。ですが、まずは［会議室設定］から見てみましょう。

［会議室設定］
【温度】24℃
【湿度】40％

【防音】常時
【防臭】常時　ON／（OFF）
【照明】（電球色）／（温白色）／（昼白色）／昼光色　ON／（OFF）

成る程。会議室に必要な空調設備と防音、防臭も追加されていますね。しかも照明まで！　ビジネスシーンに適切な昼光色に設定されている徹底ぶりは素晴らしい。

あ、因みにパソコンに興味を示した親父さん。隣の部屋のパソコンで初心者講習を受けてます。エアが先生役ですね。使えるようになれば便利ですよ。頑張って下さい。

次は［備品発注］ですね。

［備品発注］（オーナーのみ発注可能）
・ノートパソコン（1*）　MP1000
・業務用プリンター（1*）　MP1500
・タブレットPC（1*）　MP500
・スマホ（1*）　MP1000
・モバイルルーター　MP400
・モバイルバッテリー　MP100
・ワイヤレスイヤホン　MP100

(1*) モバイルルーター所持で亜空間外でも使用可能

こ、これは……出来るビジネスマンの必須備品じゃないですか！　ルーターやバッテリーがあるって事は亜空間外でも使用可能ですか!?　親父さんやゼンさん達に亜空間にいながら連絡つくじゃないですか！　護衛メンバーにも持たせると便利ですね！

『オーナー、考え中のところ申し訳ありませんが、確認を先にお願い致します』

「あ、そうですね。じゃ、ファイ、次に進んで下さい」

『畏まりました。スタッフ登録は今までと一緒ですので次へ進みます』

［レンタルルーム］をクリックすると内容画面に変わるかと思いきや、【館内設備】の画面に切り替わりました。


【館内設備】
・調理場（調理道具、器具、食器、空調、防音、防臭完備）ＭＰ7万ＮＥＷ！
・ミニ映画館（大型モニター、座席完備、空調、防音、防臭設備完備）ＭＰ6万5000ＮＥＷ！
・多目的作業場（長テーブル、椅子、空調、防音、防臭完備）ＭＰ1万5000ＮＥＷ！
・大型男女別トイレ（パウダールーム、洗面所、個室20、空調、防音、防臭完備）ＭＰ3万ＮＥＷ！

ん？　なんでこっちに移動したんでしょう？　そもそもレンタルルームってなんでしたっけ？

「ファイ、レンタルルームの定義を教えて下さい」

『畏まりました。そもそもレンタルスペースとレンタルルームという言葉がございます。その違いは借りる対象によります。レンタルスペースは空きスペース（店舗の一角や、全体、マンションの一角など）を、レンタルルームは完全な個室（ホテルの一室や自宅の一室など）をレンタルするサービスとなっています』

そうか！　レンタルルームだから館内設備が先になるのですね。そしてレンタルルーム開放が鍵となって設備が増えたんですね。いやぁ面白い！

これを設置すると会議室で講習した後すぐに実践できますからね！　これはまた商業ギルドに良い交渉の材料が来ました！

『レンタルルームの存在はこのホテルの助けになると愚考致しますので、お早めにご検討をお願い致します』

「そうですね！　これは明日にでも設置しましょう！」

ファイの言う通りなんですけど、まずはこれを先に発注しましょう！

「ファイ、タブレットＰＣを10台とスマホ10個発注お願いします！」

『畏まりました』

ファイの了承の後机に現れるタブレットとスマホ。僕がりんご社のを使っていたからでしょう。そのタイプのものが10ずつ箱に入って現れます。

「やったぁ!!」

思わず叫ぶと丁度ガチャッと扉が開きます。

「なぁ、トシヤ何やってんだ?」

「うおっ！　なんだこの部屋?」

「また新しい施設作ったなぁ」

「まさかまた新しい声の主が出たのか?」

ガヤガヤとセイロンのメンバーが入って来ました。これは丁度いいですね！　でもあと、ミック君、サーシャさん、ジーク君、ドイル君が足りません。

グランとキイとビニーに繋いで貰ってみんなを呼ぶと、何故かライ君、リルちゃん、キャシーさん、クレアさんまで集合してしまいました。ならば、と思いみんなにスマホとタブレットＰＣの良さを説明し、体感してもらうと……。

「なんだこれ！」

「色々便利になりますよ！」

「へぇ、こんな便利なものが存在するのねぇ」

などなど欲しい反応がかえってきます。

そこで即席タブレット＆スマホ講習会を急遽開催します。講師は勿論ファイ。そこに親父さんもやって来て臨時講師エアも加わります。僕はライ君、リルちゃん担当。タブレットでお絵描きや数当てゲームなどをやって遊びます。

これがまたみんなにハマったみたいで、みんな集中すること集中すること。頭が柔軟なんですかね。数時間後にはほぼ全員使えていましたし、もうちょっとすれば使いこなすんじゃないかという勢いです。

結果、護衛メンバーにはスマホを貸し出し、親父さん、ジーク君、ドイル君にはスマホとタブレットの貸し出し、ミック君、サーシャさんはタブレットを貸し出しました。ライ君、リルちゃんは僕と一緒の時だけにしましょうね。うん、いい子です。

しかし、そうもいかないのは大人だったりするんですよ。良いものって自慢したくなりますよねぇ。すると、どうなるか。

帰って来たクライムとテラのメンバー、ヤンさん、また来たギルド長、木陰の宿の面々の貸し出し希望の熱い眼差しときたら……怖すぎました。あと、キャシーさん、クレアさんも加わったんです。

まぁ元々全員に持って貰うつもりでしたので、全員にスマホを貸し出し、その後買い取って貰う事に。（クレアさん、キャシーさんは貸し出しのみですよ。スタッフと関係者用にするつもりですから）そして深夜の講習会も盛況でしたね。

まぁ連絡がすぐ取れるのは良い事ですし、皆さん頑張って下さい、と一足先に休ませて貰う事にした僕。明日は商業ギルド長がくる日ですからね、しっかり休まないと。皆さんも程々にして休んで下さいね。

さて、商業ギルド長どんな人でしょうね？
みんなの反応からすると厳しそうな感じがしたんですけど……。

番外編

宴会での一幕ですよ

「ほらトシヤ。ジュース持って来たぞ」

「ありがとうございます」

オーク討伐の後の宴が盛り上がる中、僕とボルクさんは一休み中。しかしかなり飲んでいるにもかかわらず、平然としているボルクさん。飲みながらでも僕の話に上手く相槌をしてくれるので、ボルクさんは話しやすいんですよねぇ。この受け入れ感こそモテる秘訣でしょうか？

「トシヤ……お前声に出てるのわかっているか？」

「おや、そうでしたか。でもボルクさんがモテるのは事実でしょう？」

呆れたように僕に教えてくれるボルクさん。でも僕の言葉にはちょっと困った顔をします。ん？違いましたか？

「俺はモテねえよ。グレッグじゃないんだ」

クイッとお酒を飲みきって「もう一杯持ってくるわ」と席を立って行きました。すると、ニヤニヤしながらグレッグさんが僕の隣に座って来ます。どうやら聞き耳立てていたようです。

「トシヤ、あいつにその手の話はキツイぞ」

「ん？　グレッグさんは何か知っているんですか？」

「ま一な。同じ村出身だからな」

「へえー。もしかして幼馴染《おさななじみ》だったりします？　だったらボルクさんの話も気になりますが、グレッグさん達がどうやってテラのパーティになったのかも気になりますねぇ」

「それならコイツがきっかけだ」

　丁度ボルクさんお酒を持って戻って来ました。

「まぁ、誘ってたのは確かだけどよ」

　そう言うグレッグさんの話によると、ボルクさんには幼い時から冒険者になろうと誘っていたそうなんです。でもボルクさんは村に好きな女の子がいたそうで、将来は村で働く事を決めていたみたいです。成人になっても気持ちは変わらず、グレッグさんは1人で村を出ようと準備をしていたんですって。でも前日の夜に、ボルクさんが一緒に行く事を告げに来たそうです。おや？　どうしたんでしょう？

「あれだけ頑なに断っていた奴が同意した理由が、女に振られたからなんだぜ。今となっては笑い話だが、当時は悲壮な顔してくるんだもんなぁ。こっちは出発前に飲もうとしていた秘蔵の酒がコイツを慰めるために消えちまった」

「そりゃ悪かったな」

　グレッグさんの言葉に、平然と返すボルクさん。ボルクさんは気の毒ですが、初恋は実らないっていいますし。乗り越えて欲しいものです。それにしてもボルクさんのことをきっちり慰めているあたり、グレッグさん優しいですよねぇ。

「あれ？　そうすると、グレッグさん。スレインさんやジェイクさんとは何処で合流したんです？」

「ああ、スレインはニューキリーの街で、ジェイクはコバースの街でスカウトだな。あの２人はボルクの酒飲み仲間として知り合ったんだ」

「ああ、喧嘩もするが基本的に気が合う奴らだからな」

「お！　嬉しい事言ってくれるじゃん、ボルク！」

グレッグさんがボルクさんの肩に腕を回してご機嫌です。お酒の取り持つ縁もまたいいものですねぇ。

「ああそうだ、トシヤ。『テラ』ってパーティ名はボルクがつけたんだぜ。怪物のように強くなるって意味でな。コイツ素で成し遂げっから凄えよなぁ」

「良く言うぜ。『業火』が」

確かにボルクさんも強いと聞きますが、カッコいいですね！　業火のグレッグ！

「なぁに？　面白そうな話しているじゃない」

今度はティアさんがカクテルを持ってこちらにきましたね。

「あ、ティアさん！　グレッグさんの呼び名格好いいですよね」

「ん？　『業火』の事？　ボルクだって『神速』って呼び名あるわよ。でも格好良さでは、ウチのリーダーには勝てないわねぇ」

「ん？　レイナさんにも呼び名が？」

「レイナは『俊敏』よ。でも格好良いのは、呼び名だけじゃないわ。さっきテラの成り立ち話してたでしょう。トシヤちゃん、クライムの成り立ちも教えてあげましょうか？」

「おお！　是非に！」

「あ？　ティアが何度も話すあれか？」

「お黙りグレッグ！　いい話は何回話しても良いものよ」

ティアさん、グレッグさんの襟摑んで睨んでますが、グレッグさんは慣れているのでしょう。しかもまたニヤニヤしてますし。

「ああ、ティアが前勤めていた時の話か？　ザックとガレムも溜まり場にしていた酒場でのやつだろ」

おや、ボルクさんも知っているんですね。

「だから先に言わないで頂戴。あのね、トシヤちゃん。私、前酒場で勤めていてね。ザックとガレムはそこの常連だったのよ……」

懐かしそうに話し出したティアさんによると、ある日酒場でいつものように3人で話をしていたら、酒場の女性スタッフが柄の悪い連中に捕まると言う事件があったそうです。

すかさず助けに現れたのがお客として来ていたレイナさん。でも今度はレイナさんが絡まれてしまい、ティアさんが動こうとしたら、なんと飲み比べで負けたら互いに言う事を聞くという話になっていたそうです。

つい気になって成り行きを見守っていたティアさん達。結果、先に潰れたのは柄の悪い男の方でレイナさんが勝利したんですって！　でも、柄の悪い奴らでしたから、レイナさんに難癖つけてきたわけですよ。

これには流石にティアさん、ザックさん、ガレムさんも加わって、酔っ払って潰れた男も含めて外に叩き出したそうです。事が片付き店に入ると、ジョッキを持った体勢のまま眠っていたレイナさん。レイナさんも限界だったんですね。

そしてこの話には続きがあって。

他の客からの申告でわかったのは、柄の悪い男達はレイナさんの酒に強い酒を混ぜて渡していたそうなんです。狡《こす》い奴らは陰でとことん狡いことをするものですね。

しかし我らがレイナさんはそんな事は予測済み。こっそり一定以上の酒の効果を無効にする薬を飲んでいたそうです。でもこれは飲んだら5分後眠気がくる事がセットになっていて、大の男でもすぐに寝てしまう失敗薬と言われている薬。

レイナさんが飲み比べをしていたのは、約30分ですよ！

しかも最後まで気を保たせていた姿に、その事を知ったティアさん、ザックさん、ガレムさんまで感動したそうですよ。いや、僕も感動しました！

ティアさんはそんなレイナさん達を酒場の一室に泊めさせてあげたそうです。うんうん、さすが気配りティアさんです。

そして、翌朝起きて来たレイナさんと意気投合し、レイナさんがパーティを探している話が出てティアさんが立候補。更に気の合うザックさん、ガレムさんも加わったというのがパーティを組むことになった成り行きだそうです。レイナさん昔からカッコ良かったんですねぇ。

「じゃ、クライムは誰がつけたんですか？」

「コイツらは周りからそう呼ばれるようになったのをチーム名にしたんだ。誰が付けたかなんてわかんねぇだろうよ」

「そうそう！　あっという間に現れてAランクチームに上がって来たんだ。『登る』っていういい意味で言っていた奴もいたけど、賄賂使っているだろうって事で『犯罪』って意味で言う悪い見方もする奴がいてさ。二重の意味で言われてたのに気にせずその名前で登録したんだぜ。あ、でも登録したのはレイナか」

　僕の質問に答えたボルクさんの言葉に、グレッグさんが補足して教えてくれます。それを聞いていたティアさんは更に懐かしそうに語ってくれました。

「『なんと言われようとも登りきって見せる』って、レイナが言ったのよ。格好良すぎでしょう？　それにその時無理をして自分をつくっていた私に『自分を偽らなくて良いぞ』って言ってくれたのよ！　思わず泣いたわ！　私！」

「いや、そこは言わなくてよかったよなぁ」

「何ですって？　……グレッグ、ちょっと表に出ろや」

　ティアさんがグレッグさんの後ろから腕を回し首を絞めて戯れあっているところに、タイミング良く現れたのがレイナさんとケニーさん。

「ティア折角の宴会だぞ。何やっているんだ？」

「レイナ、男の戯れ合いよ。気にしない方がいいわよ。それにティアはもう1つ意味合いはありそうだけど」

ん？　何やらケニーさんも思わせぶりな言葉を言いますねぇ。あ、ティアさん、レイナさん達に気付きましたね。

「レイナ～。だってこの男、私の美しい思い出を貶すのよぉ」

「何だ。またあの話か。……ん？　そういえばセイロンがどうやって組んだのか聞いた事なかったな」

ティアさんの言葉に呆れたレイナさんが、ケニーさんの方に話を振ります。おお！　僕も聞きたかったんです、とケニーさんを見るとちょっと困ったように話し出してくれました。

「あーウチの事ねぇ……。確かゼノが全員スカウトしたって聞いたけど。私の場合は絡まれていたところをゼノが飛び込んできたのがきっかけよねぇ」

「ああ、ゼノらしいな。だが、ケニーなら1人で何とかしそうだがな」

「当然よ、レイナ。私がそこらの男に負ける訳ないじゃない。雷魔法で痺れさせてやったわ」

いやいや、痺れさせるどころかケニーさんが怒ったら感電死させそうですよねぇ、と思っていた僕に「何考えたの？」とすかさずツッコミを入れるケニーさん。勘が良すぎですよ。

「ええと、それよりセイロンってパーティ名は誰がつけたんですか？」

「それも私。だって男どもにつけさせていたら今頃『男道』ってつけられていたわ！　ヒースもハックもこだわらなさすぎよ！　だから獅子の子の意味を持つセイロンにしてって言ったの！　因みに私の加入条件がそれよ」

なんと獅子の子とは勇ましい！　ケニーさんいい名前付けましたねぇ。でも「……男道も捨てがたいですね」と言う僕の言葉にドン引きをするケニーさん達。ん？　何でです？

「トシヤには名前つけさせられないな」

「ゼノとコイツに名付けされるやつに同情するわ」

ボソっと言っているみたいですが、ボルクさんにグレッグさん、聞こえてますよ。覚えやすくていいじゃないですか、と僕が少し不貞腐れていると、みんなとワイワイやっていたザックさんから声がかかります。

「追加の料理が来たぞ！　お前らそっちで固まってないで食いに来いよ！」

僕らを呼びながらザックさん、既にお皿に山盛りにしてるじゃないですか！　これは急がないといけませんね。

「ちょ！　ザック、てめえ遠慮ってもんはねえのか！」

「へへーん。早いもの勝ちだぜ」

グレッグさんが急いで料理の確保に向かいます。レイナさんとケニーさんは、やれやれと言った顔で歩き出し、ティアさんとボルクさんはマイペースにフリードリンクコーナーへ向かいましたねぇ。楽しそうで何よりです。

この世界に1人で来て、僕も僕のまま受け入れて貰える仲間ができましたねぇ。

どこまで成長するのかわからないこのホテルを一緒に見守ってくれる人達がいるって嬉しいものです。

「トシヤ！　早く来い！」

おや、グレッグさんが僕を呼んでいます。ああ！　なくなりそうです！　急がないと！

「今行きます！」

僕の居場所に。

あとがき

皆さん、初めまして。凪と空と申します。改めて『特殊ギフト「亜空間ホテル」で異世界をのんびり探索しよう』を手に取って頂きありがとうございます。本作が初書籍となります。ウェブサイトで趣味で書いていた作品がこのように書籍になるのは感慨深いものがあります。アース・スターノベル大賞で佳作を頂いたのも、本年度の驚きの一つです。そしてイラストレーターさんによって絵が出来上がってきた時の感動といったら、感無量の一言でしたね。

この作品は私が好きなものをぎゅっと詰め込んだ作品です。異世界転移作品が好き、生産や領地経営物語が好き、でも最近は快適空間が出来上がっていく過程が好きなんです。皆さんと共通する快適空間っていうと、ホテルだよなぁ、そう考えて出来たものが亜空間ホテルです。だったら施設を追加する能力がいいかな、主人公は男性でのんびりした性格がいいかな、そして出来たのが主人公俊哉です。いやぁ、ふむ、なるほど等、年寄りくさい言い回しが多いこのキャラを受け入れて頂けたでしょうか？　私はこういうキャラが描きやすくて好きなんですよねぇ。

そして亜空間ホテルは世界中のホテルを参考にしています。旅行好きな方は泊まる宿も大事ですよね。どんなホテルだろうって下調べしてもやっぱり行くまでワクワクし、到着して過ごしてみてホッと休まる空間。亜空間ホテルはそれを目指しています。願わくば実際にホテルに行ってみたい、温泉に行ってみたいと思って頂けたら嬉しいです。

最後にこの書籍を作るにあたり、応援して下さった皆様とアース・スターノベル編集部の皆様、担当者様、校正者様にも深く感謝を致します。何より手に取って下さった貴方様にも感謝を贈ります。今後も皆さんが楽しんで読んで下さるよう執筆していきます。頑張りますね！　これからも俊哉と共に拡張を続ける亜空間ホテルを宜しくお願い致します。

風と空

EARTH STAR NOVEL
ハム男
HAMUO
ILLUST.
藻
MO
ヘルモード
HELLMODE
～やり込み好きのゲーマーは
廃設定の異世界で無双する～

誰一人いないはずの草原で、
青く輝く〝角〟が生えた
少女と出会い……!?

騙されて領主となったディアス、
草しかない領地からの大躍進！

婚約破棄されたので辺境で家族と
仲良くスローライフを送るはずが……

なぜか

前世知識でモノづくり＆
ビジネスライフ⁉

EARTH STAR NOVEL

特殊ギフト「亜空間ホテル」で異世界をのんびり探索しよう①

発行 ―――― 2023年12月15日　初版第1刷発行

著者 ―――― 風と空

イラストレーター ―――― ゆーにっと

装丁デザイン ―――― 冨永尚弘（木村デザイン・ラボ）

発行者 ―――― 幕内和博

編集 ―――― 結城智史

発行所 ―――― 株式会社アース・スター エンターテイメント
〒141-0021　東京都品川区上大崎 3-1-1
目黒セントラルスクエア　7F
TEL：03-5561-7630
FAX：03-5561-7632

印刷・製本 ―――― 中央精版印刷株式会社

ISBN 978-4-8030-1879-0